HARUKI MURAKAMI

村上春树 著

HARUKI MURAKAMI

国境以南 太阳以西

林少华 译

上海译文出版社

图书在版编目（CIP）数据

国境以南　太阳以西／（日）村上春树著；林少华
译.—上海：上海译文出版社，2014.5（2022.6重印）
ISBN 978-7-5327-6548-5

Ⅰ.①国… Ⅱ.①村…②林… Ⅲ.①长篇小说–日
本–现代 Ⅳ.①I313.45

中国版本图书馆 CIP 数据核字(2014)第 072414 号

KOKKYO NO MINAMI,TAIYO NO NISHI
by Haruki Murakami
Copyright © 1992 by Haruki Murakami
All rights reserved.
Originally published in Japan by KODANSHA LTD. , Tokyo.
Chinese（in simplified character only）translation rights arranged with
Haruki Murakami, Japan
through THE SAKAI AGENCY and BARDON-CHINESE MEDIA AGENCY.

图字：09-2000-480号

国境以南　太阳以西　[日]村上春树/著　林少华/译

上海译文出版社有限公司出版、发行
网址：www.yiwen.com.cn
201101 上海市闵行区号景路159弄B座
浙江新华数码印务有限公司印刷

开本 850×1168 1/32 印张 8.5 插页 6 字数 104,000
2014 年 5 月第 1 版 2022 年 6 月第 11 次印刷
印数：60,001-63,000 册

ISBN 978-7-5327-6548-5/I·3918
定价：52.00 元

"国境以南太阳以西"有什么

林少华

　　这部小说也许可以称为《挪威的森林》（以下简称《挪》）的翻版或者续篇。《挪》是三十七岁的"我"对于青春时代同直子和绿子恋爱过程的回顾，而在《国境以南　太阳以西》（以下简称《国境》）中，故事主要发生在主人公三十六那年。这一年是主人公"我"（初君）结婚第六年，已经有了两个女儿，两家酒吧开得红红火火，正是一般世人所说的事业有成家庭幸福的中年男士。这时"直子"（岛本）忽然出现了，依然那么美丽动人，那么娴静优雅，那么若即若离，于是浪漫发生了。而在同"我"度过一个刻骨铭心荡神销魂的夜晚之后，

"直子"悄然离去，再无消息……

　　不过，就写作情况来说，《国境》同《挪》基本没有直接关联，有直接关联的莫如说是《奇鸟行状录》。村上春树结束三年旅欧生活回到日本不久便去了美国，从1992年2月住到1995年8月。前两年半是在新泽西州的普林斯顿，应邀在名校普林斯顿大学任"访问学者"（Visiting Lecturer），实际上更近似驻校作家。住处由学校提供，只偶尔给学日本文学的美国研究生讲讲日本现代文学作品，时间很充裕，加之环境幽静，不需要同更多的人打交道，得以专心从事创作，用一年多一点时间写出了《奇鸟行状录》第一部和第二部。写完后他总觉得若干地方有欠谐调，于是让夫人阳子看一遍谈谈感想——以往也经常这样——结果夫人也不很满意，说有趣固然有趣，但枝蔓太多，致使故事主干有些乱，劝他修剪一下。随即村上和夫人又看了好几次，反复讨论，最后决定删除三章，并根据夫人的建议以这三章为基础构思另一个故事，这就是《国境》。"从过程来看，《国境以南　太阳以西》的诞生很大程度上恐怕同妻的suggestion（示意）有关……当然，若经过一段时间，即使没有她的建议，我想我也会进行同样的作业。或许多少有些反复弯路，但到达的地点必然是同一地点。不过她的意见可能大幅削减了我独自作业所需时间。具体说来，《国境以南　太阳以西》的主人公初君同《奇鸟行状录》的主人公冈田亨原本是同一人物。而且，《国境以南　太阳以西》第一章几乎照搬了《奇鸟行状录》原来的第一章。"因此，将二者联系起来读是饶有兴味的。自然，作为故事完全是两个故事。至少，《奇鸟行状录》是主人公的老婆有外遇，而《国境》是男主人公本人有外遇。

　　同村上其他小说相比，《国境》最明显的特点是其中出现了家庭。村上创作之初就宣称不写家庭，不愿意受包括家庭在内的所有"团体"的束缚，甚至为此而不要孩子，因为没有孩子光夫妻两人他认为是不能称之为家庭的。但这部小说、仅仅这部小说写了家庭，而且是相当完整的家庭，妻子直到最后也没有离婚或者失踪，属于地地道道的日本式贤妻良母。小孩也有了，一大一小两个女儿。"我每天早上开车把大女儿送去幼儿园，用车内音响装置放儿歌两人一起唱，然后回家同小女儿玩一会儿，再去就近租的小办公室上班。周末四人去箱根别墅过夜。我们看焰火，乘船游湖，在山路上散步。"可以说，这是一幅相当典型的中产阶级"雅皮"生活场景。连岳父也登场了，并且是很不错的岳父，借钱帮他开了酒吧，使他从一家不起眼的出版社的不起眼的教科书编辑变成了雇用三十多名员工的两家酒吧的老板，甚至劝他不妨及时风流："我在你这个年龄也蛮风流着哩，所以不命令你不许有外遇。跟女儿的丈夫说这个未免离谱，但我以为适当玩玩反倒有好处，反倒息事宁人。适当化解那东西，可保家庭和睦，工作起来也能集中精力。所以，即使你在哪里跟别的女人睡，我也不责怪你。"但要"我"记住不可找无聊女人，不可找糊涂女人，不可找太好的女人，并进一步提出三点注意事项：切不可给女人弄房子，回家时间最晚不超过半夜两点，不可拿朋友作挡箭牌。如此言传身教的岳父，在中国恐怕绝对找不出来，相反的倒比比皆是。村上把这个都写了进去，应该说对家庭及其周边写得相当深入了。

不久，主人公果真"风流"了，不过这并非岳父开导的结果，也不是一般情况下的外遇，而是背景比较特殊的外遇，其中包含的两个方面的问题，不妨认为是这部小说的主题。

首先是过去与现在的关系问题。主人公的过去存在三个女子。一个是岛本，当时她还是个十二岁的小女孩，两人在一起听了纳特·金·科尔唱的《国境以南》。小学毕业后，因所上初中不同，两人分开了。"不去见岛本之后，我也经常怀念她。在整个青春期这一充满困惑的痛苦的过程中，那温馨的记忆不知给了我多少次鼓励和慰藉。很长时间里，我在自己心中为她保存了一块特殊园地。就像在餐馆最里边一张安静的桌面上悄然竖起'预订席'标牌一样，我将那块园地只留给了她一个人，尽管我推想再不可能见到她了。"由于当时两人都还是小学生，交往不具有真正的性因素。第二个女子是"我"的高中同学泉。泉尽管"不会给我同岛本一样的东西"，也不怎么漂亮，但有一种自然打动人心的毫不矫情的东西。加之年龄的关系，同泉的交往明显带有性方面的需求。"我"对泉说："不想做那种事不做也可以，可我无论如何都想看你的裸体，什么也不穿地抱你，我需要这样做，已经忍无可忍了！"实际上"我"也那样做了。第三个女子是泉的表姐，第一次见面"我"就想和她睡。实际交往两个月时间里，"我同泉的表姐只管大干特干，干得脑浆都像要融化了"——两人只有性关系，双方并不相爱，都没有发展恋人关系的念头。后来此事被泉知道了，两人关系就此终止。岛本、泉、泉的表姐，这三个女子构成了主人公的过去。无论"我"去哪里，无论"我"做什么，过去都如头顶的一片云一样投下阴影。

岛本在"我"三十六岁时蓦然出现在他的酒吧里而又暂时消失之后，他这样想道：

在别人看来，这或许是十全十美的人生，甚至在我自己眼里有时都显得十全十美。我满腔热情地致力于工作，获取了相当多的收入。在青山拥有三室一厅住房，在箱根山中拥有不大的别墅，拥有宝马和切诺基吉普，而且拥有堪称完美的幸福的家庭。我爱妻子和两个女儿，我还要向人生寻求什么呢？纵使妻子和女儿来我面前低头表示她们想成为更好的妻子和女儿、想更被我疼爱，希望我为此不客气地指出下一步她们该怎么做，恐怕我也没什么可说的。我对她们确实没有一点不满，对家庭也没有任何不满，想不出比这更为舒适的生活。

然而在岛本不再露面之后，我时不时觉得这里活活成了没有空气的月球表面。

岛本代表过去，或者说是主人公主要的过去。岛本即"过去"的出现和某一段时间"不再露面"，使得主人公"十全十美"的现在、现在的处境成了"没有空气的月球表面"。"我"必须在过去与现在之间——在岛本与妻之间——作出选择，没有中间，岛本一再强调"我身上没有中间性的东西"。一句话，非此即彼。而这样的选择在现实生活中任何人或多或少都会碰到。在这个意义上，《国境》是与现在息息相关的、很有日常性和现实性的故事。这点也和作者的大部分作品有所不同。

　　然而，《国境》又很难说是以《挪》那样的现实主义手法写成的小说。下面就第二个方面探讨一下：现实与虚幻的问题。写《国境》期间，村上一直在考虑《雨月物语》里面的故事。《雨月物语》是江户时期上田秋成（1734—1809）写的志怪小说，九篇故事中有六篇脱胎于《剪灯夜话》和《白蛇传》等中国古代传奇、话本，一个共通的特点是主人公自由游走于阴阳两界或者实境与幻境、自然与超自然之间。村上说，对于当时的人来说，在二者之间划出明确的界线恐怕是不可能的，也几乎是没有意义的。"作为我，想把那种意识与无意识之间的界线或者觉醒与非觉醒之间的界线不分明的作品世界以现代物语这一形式表现出来"。而《国境》便是收纳这一主题的恰到好处的容器。在这部小说中，说到底"我"的过去只能通过"岛本"这个喻体（metaphoric）才能呈现，只能通过这样的非现实非正常的存在加以勾勒。村上在为收入《村上春树全作品 1990—2000》（讲谈社 2003 年版）的《国境》写的后记（"解题"）中就此进一步写道：

岛本是实际存在的吗？这应该是这部作品最重要的命题之一。她是否实际存在并非作者要在此给出具体答案的问题。在作品中岛本当然存在。她活着、动着、说话、性交。她推动故事的发展。至于她是否实际存在，则是作者无法判断或者没资格判断的问题。如果你觉得岛本实际存在，她就实际存在于那里，有血有肉，一口口呼吸。倘若你感到她根本不存在，那么她便不在那里，她就纯粹成了编织初君的一个精致幻想。她实际存在与否，应该是由你和岛本（或者对于你的岛本式人物）之间决定的问题。作品这东西不过是凸显个性的一个文本而已。

于是我们在《国境》中看到了虚实两个岛本：一个是十二岁时握"我"的手握了十秒的岛本，一个是"我"二十八岁时在东京街头紧随不舍的穿红色风衣的仿佛岛本的岛本；一个是时隔二十三年忽然出现在酒吧里"笑得非常完美"的岛本，一个是拉"我"去远离东京的河边洒下婴儿骨灰的岛本；一个是在箱根别墅同"我"长时间实实在在交合的岛本，一个是翌日清晨在枕头上留下脑形凹坑而踪影皆无的岛本。一句话，一个是此侧现实世界中的岛本，一个是"国境以南太阳以西"的岛本。而我就随着两个岛本往来并迷失于现实和虚幻之间。其中有两个典型的细节。一个是那个谜一样的男人为了阻止他尾随岛本而给他的装有十万日元的信封后来从抽屉里不翼而飞；另一个是岛本送给他的那张旧唱片随着岛本从箱根别墅的消失而无从找见。这愈发使得他无法融入现实，感觉上就好像被孤零零地抛到没有生命迹象的干裂的大地，纷至沓来的幻影将周围所有色彩吮尽吸干。不仅如此，主人公还对自己本身和自己置身其间的高度发达的资本主义社会产生虚幻之感：

极为笼统地说来，我们是对贪婪地吞噬了战后一度风行的理想

9

主义的、更为发达、更为复杂、更为练达的资本主义逻辑唱反调的一代人。至少我是这样认识。那是处在社会转折点的灼灼发热之物。然而我现在置身的世界已经成了依据更为发达的资本主义逻辑而成立的世界。说一千道一万，其实我已经在不知不觉之中被这一世界连头带尾吞了进去。在手握宝马方向盘、耳听舒伯特《冬日之旅》、停在青山大街等信号灯的时间里，我蓦然浮起疑念：这不大像是我的人生，我好像是在某人准备好的场所按某人设计好的模式生活。我这个人究竟到何处为止是真正的自己，从哪里算起不是自己呢？握方向盘的我的手究竟多大程度上是真正的我的手呢？四周景物究竟多大程度上是真实的景物呢？越是如此想，我越是丈二和尚摸不着头脑。

不用说，这一连串的追问来自更大意义上的过去与现在的龃龉、现实与理想的错位。这样的追问只能进一步加深对自己、对自身处境和现实社会的幻灭感，激起从中逃离的欲望。那么逃去哪里呢？逃去"国境以南太阳以西"那个虚幻的世界，而岛本无疑是那个世界的化身——"岛本，我的最大问题就在于自己缺少什么，我这个人、我的人生空洞洞缺少什么，失却了什么。缺的那部分总是如饥似渴。那部分老婆孩子都填补不了，能填补的这世上只你一人。和你在一起，我就感到那部分充盈起来。充盈之后我才意识到：以前漫长的岁月中自己是何等饥饿何等干渴。我再也不能重回那样的世界。"换言之，主人公成长的过程就是力图填补自己缺失部分的过程。他所真正倾心的女子也都首先具有这方面的功能。他和十二岁时的岛本在一起，是为了弥补自己以至双方的"不完整性"；他高中时代的恋人泉虽然长得不算怎么漂亮，但有一种自然打动人心的温情；他当初对妻有纪子所以一见倾心，也并不是因为她长得漂亮，而是因为从其长相中明确感觉到了"为我自己准备的东西"。而最能填补他缺失部分即心灵空缺——在物质生活上他并不缺少什么——的人当然仍是岛本，只有岛本才能使他彻底充盈起来。所以他才最后下决心同岛本从头开始，"再不重回那样的世界"。然而归终他不得不重回那样的世界。他和妻有纪子言归于好的夜晚，妻问他想什么，他说"想沙漠"。也就是说，重返原来的现实世界就是重返沙漠，因为"大家都活在那里，真正活着的是沙漠"。如果不回沙漠，那就只能忍受孤独，而他再不想孤独，"再孤独，还不如死了好"。很明显，村上在这里已不再欣赏和把玩孤独了，而在寻求"国境以南太阳以西"而不得的情况下，在孤独与沙漠之间选择了沙漠，选择了现实世界。他在前面提到的那篇后记（"解题"）中最后这样写道：

　　我本身当然不认为《国境以南　太阳以西》属于"文学性退步"之作。我是在向《奇鸟行状录》那部超长小说攀登的途中作为间奏曲写这部作品的，由此得以一一确认自己的心之居所，在此基础上我才得以继续向《奇鸟行状录》的顶峰攀登。在这个意义上，这部作品在我的人生当中（请允许我说得玄乎一点，即我的文学人生当中）自有其价值、有其固有的意味。

　　　　　　　　　　　　丁亥仲春晴日于窥海斋

　　　　　　　　　　　　时青岛丁香流霞樱花堆雪

　　[附白]　值此新版付梓之际，依责任编辑沈维藩先生的建议，新写了这篇"个序"代替原来的"总序"，旨在为深度阅读进一步提供若干背景资料，介绍较新的有关见解，也谈了译者个人一点点肤浅的思考。欢迎读者朋友继续不吝赐教，来信请寄：266100 青岛市崂山区松岭路 238 号中国海洋大学外国语学院。

1

　　我生于一九五一年一月四日，即二十世纪下半叶第一年第一个月第一个星期。说是有纪念性的日子也未尝不可。这样，我有了"初"这样一个名字。不过除此之外，关于我的出生几乎没有什么值得一提的。父亲是一家大证券公司的职员，母亲是普通家庭主妇。父亲曾因"学徒出阵"①被送去新加坡，战后在那里的收容所关了一段时间。母亲家的房子在战争最后那年遭到 B‑29 的轰炸，化为灰烬。他们是被长期战争所损害的一代。

　　但我出生时，所谓战争余波已经几乎没有了。住处一带没有战火遗痕，占领军的身影也见不到了。我们住在这和平的小镇上由父亲公司提供的住宅里。住宅是战前建造的，旧是旧了些，但宽敞还是够宽敞的。院子里有高大的松树，小水池和石灯笼都有。

　　我们居住的镇，是十分典型的大都市郊外的中产阶级居住地。那期间多少有些交往的同学，他们全都生活在较为整洁漂亮的独门独户里，大小之差固然有之，但都有大门，有院子，院子里都有树。同学们的父亲大半在公司工作，或是专业人士。母亲做工的家庭非常少见。大部分人家都养猫养狗。至于住宿舍或公寓里的人，当时我一个也不认识。后来虽然搬到了邻镇，但情形大同小异。所以，在去东京上大学之前，我一直以为一般人都系领带去公司上班，都住着带院子的独门独户，都养猫养狗。无从想象——至少不伴随实感——此外的生活是什么样子。

　　每家通常有两三个小孩。在我所生活的世界里两三个是平均数目。我可以在眼前推出少年时代和青春期结识的几个朋友的模样，但他们无一不是两兄弟或三兄弟里的一员。不是两兄弟即是三兄弟，不是三兄弟即是两兄弟，简直如一个模子复制出来的一般。六七个小孩的家庭诚然少，只有一个小孩的就更

――――――――――

　　① "学徒出阵"：特指二战末期日本下令在籍学生直接入伍参战。——译者注，下同

2

少了。

不过我倒是无兄无弟只我自己。独生子。少年时代的我始终为此有些自卑，觉得在这个世界上自己可谓特殊存在，别人理直气壮地拥有的东西自己却没有。

小时候，"独生子"这句话最让我受不了，每次听到，我都不得不重新意识到自己的不足。这句话总是把指尖直接戳向我：你是不完整的！

独生子受父母溺爱、体弱多病、极端任性——这在我居住的天地里乃是不可撼动的定论，乃是自然规律，一如山高则气压下降、母牛则产奶量多一样。所以我非常不愿意被人问起兄弟几个。只消一听无兄无弟，人们便条件反射般地这样想道：这小子是独生子，一定受父母溺爱、体弱多病、极端任性。而这种千篇一律的反应使我相当厌烦和受刺激。但真正使少年时代的我厌烦和受刺激的，是他们所说的完全属实。不错，事实上我也是个被溺爱的体弱多病的极端任性的少年。

我就读的学校，无兄无弟的孩子的确罕有其人。小学六年时间我只遇上一个独生子，所以对她（是的，是女孩儿）记得十分真切。我和她成了好朋友，两人无话不谈，说是息息相通

3

也未尝不可。我甚至对她怀有了爱情。

她姓岛本，同是独生子。由于出生不久便得了小儿麻痹，左腿有一点点跛，并且是转校生（岛本来我们班是五年级快结束的时候）。这样，可以说她背负着很大的——大得与我无法相比的——精神压力。但是，也正因为背负着格外大的压力，她要比我坚强得多，自律得多，在任何人面前都不叫苦示弱。不仅口头上，脸上也是如此。即使事情令人不快，脸上也总是带着微笑。甚至可以说越是事情令人不快，她越是面带微笑。那微笑实在妙不可言，我从中得到了不少安慰和鼓励。"没关系的，"那微笑像是在说，"不怕的，忍一忍就过去了。"由于这个缘故，以后每想起岛本的面容，便想起那微笑。

岛本学习成绩好，对别人大体公平而亲切，所以在班上她常被人高看一眼。在这个意义上，虽说她也是独生子，却跟我大不一样。不过若说她无条件地得到所有同学喜欢，那也未必。大家固然不欺负她不取笑她，但除了我，能称为朋友的人在她是一个也没有。

想必对他们来说，她是过于冷静而又自律了，可能有人还视之为冷淡和傲慢。但是我可以感觉出岛本在外表下潜伏的某

4

种温情和脆弱——如同藏猫猫的小孩子，尽管躲在深处，却又希求迟早给人瞧见。有时我可以从她的话语和表情中一晃儿认出这样的影子。

　　由于父亲工作的关系，岛本不知转了多少次校。她父亲做什么工作，我记不准确了。她倒是向我详细说过一回，但正如身边大多数小孩一样，我也对别人父亲的职业没什么兴趣。记得大约是银行、税务或公司破产法方面专业性质的工作。这次搬来住的房子虽说也是公司住宅，却是座蛮大的洋房，四周围着相当气派的齐腰高的石墙，石墙上长着常绿树篱，透过点点处处的间隙可以窥见院里的草坪。

　　岛本是个眉目清秀的高个子女孩，个头同我不相上下，几年后必定出落成十分引人注目的绝对漂亮的姑娘。但我遇见她的当时，她还没获得同其自身资质相称的外观。当时的她总好像有些地方还不够谐调，因此多数人并不认为她的容貌有多大魅力。我猜想大概是因为在她身上大人应有的部分同仍然是孩子的部分未能协调发展的缘故，这种不均衡有时会使人陷入不安。

5

由于两家离得近（她家距我家的的确确近在咫尺），最初一个月在教室里，她被安排坐在我旁边。我将学校生活所必须知道的细则——讲给她听——教材、每星期的测验、各门课用的文具、课程进度、扫地和午间供饭值班，等等。一来由住处最近的学生给转校生以最初的帮助是学校的基本方针，二来是因为她腿不好，老师从私人角度把我找去，叫我在一开始这段时间照顾一下岛本。

就像一般初次见面的十一二岁异性孩子表现出的那样，最初几天我们的交谈总有些别扭发涩，但在得知对方也是独生子之后，两人的交谈迅速变得生动融洽起来。无论对她还是对我，遇到自己以外的独生子都是头一遭。这样，我们就独生子是怎么回事谈得相当投入，想说的话足有几大堆。一见面——虽然算不上每天——两人就一起从学校走路回家，而且这一公里路走得很慢（她腿不好只能慢走），边走边说这说那。说话之间，我们发现两人的共同点相当不少。我们都喜欢看书，喜欢听音乐，都最喜欢猫，都不擅长向别人表达自己的感受。不能吃的食物都能列出长长一串，中意的科目都全然不觉得难受，讨厌的科目学起来都深恶痛绝。如果说我和她之间有不同之处，那就是她远比我有意识地努力保护自己。讨厌的科目她也能用心学且取得很不错的成绩，而我则不是那样。不喜欢的食物端上来她也能忍着全部吃下，而我则做不到。换个说法，她在自己周围修筑的防体比我的高得多牢固得多，可是要保护的东西都惊人地相似。

我很快习惯了同她单独在一起。那是全新的体验。同她在一起，我没有同别的女孩子在一起时那种心神不定的感觉。我喜欢同她搭伴走路回家。岛本轻轻拖着左腿行走，途中有时在公园长椅上休息一会儿，但我从未觉得这有什么妨碍，反倒为多花时间感到快乐。

我们就这样单独在一起打发时间。记忆中周围不曾有人为此奚落我们。当时倒没怎么放在心上，但如今想来，觉得颇有点不可思议。因为那个年龄的孩子很喜欢拿要好的男女开心起哄。大概是岛本的为人所使然吧，我想。她身上有一种能引起别人轻度紧张的什么，总之就是说她带有一种"不能对此人开无聊玩笑"的气氛。就连老师看上去有时都对她感到紧张。也可能同她腿有毛病不无关系。不管怎样，大家都好像认为拿岛本开玩笑是不太合适的，而这在结果上对我可谓求之不得。

岛本由于腿不灵便，几乎不参加体操课，郊游或登山时也不来校，类似夏季游泳集训的夏令营活动也不露面。开运动会的时候，她总显出几分局促不安。但除了这些场合，她过的是极为普通的小学生活。她几乎不提自己的腿疾，在我记忆范围内一次也不曾有过。即使在和她放学回家时，她也绝对没说过例如"走得慢对不起"的话，脸上也无此表现。但我十分清楚，晓得她是介意自己的腿的，惟其介意才避免提及。她不大喜欢去别人家玩，因为必须在门口脱鞋。左右两只鞋的形状和鞋底厚度多少有些不同——她不愿意让别人看到。大约是特殊定做的那种。我所以察觉，是因为发现她一到自己家第一件事就是把鞋放进鞋箱。

岛本家客厅里有个新型音响装置，我为听这个常去她家玩。音响装置相当堂而皇之。不过她父亲的唱片收藏却不及音响的气派，LP①唱片顶多也就十五六张吧，而且多半是以初级听众为对象的轻古典音乐，但我们还是左一遍右一遍反反复复听这十五张唱片，至今我都能真可谓真真切切巨细无遗地一

----

① LP：Long Playing 之略。即密纹唱片。每分钟 33⅓ 转速的唱片。

一记起。

照料唱片是岛本的任务。她从护套里取出唱片，在不让手指触及细纹的情况下双手将其放在唱片盘上，用小毛刷拂去唱针上的灰尘，慢慢置于唱片之上。唱片转罢，用微型吸尘器吸一遍，拿毡布擦好，收进护套，放回架上原来的位置。她以极其专注的神情一丝不苟地进行父亲教给她的这一系列作业，眯起眼睛，屏息敛气。我总是坐在沙发上目不转睛地注视她这一举一动。唱片放回架上，岛本这才冲我露出一如往常的微笑，而那时我每每这样想：她照料的并非唱片，而大约是某个装在玻璃瓶里的人的孱弱魂灵。

我家没唱机也没唱片，父母不是对音乐特别热心的那一类型，所以我总是在自己房间里，扑在塑料壳 AM 收音机上听音乐。从收音机里听到的大多是摇滚一类。但岛本家的轻古典音乐我也很快喜欢上了。那是"另一世界"的音乐。我为其吸引大概是因为岛本属于那"另一世界"。每星期有一两次我和她坐在沙发上，一边喝着她母亲端来的红茶，一边听罗西尼的序曲集、贝多芬的田园交响曲和《培尔·金特》送走一个下午。她母亲很欢迎我来玩，一来为刚刚转校的女儿交上朋友感到欣喜，二来想必也是因为我规规矩矩而且总是衣着整洁这点合了她的心意。不过坦率地说，我对她母亲却总好像喜欢不来。倒不是说有什么具体讨厌的地方，虽然她待我一直很亲切，但我总觉得其说话方式里多少有一种类似焦躁的东西，使得我心神不定。

她父亲收集的唱片中我最爱听的是李斯特钢琴协奏曲。正面为 1 号，反面为 2 号。爱听的理由有两点：一是唱片护套格外漂亮，二是我周围的人里边听过李斯特钢琴协奏曲的一个也没有，当然岛本除外。这委实令我激动不已。我知晓了周围任何人都不知晓的世界！这就好比惟独我一个人被允许进入秘密的花园一样。对我来说，听李斯特的钢琴协奏曲无疑是把自己推上了更高的人生阶梯。

况且又是优美的音乐。起初听起来似乎故弄玄虚、卖弄技巧，总体上有些杂乱无章，但听过几遍之后，那音乐开始在我的意识中一点点聚拢起来，恰如原本模糊的图像逐渐成形。每当我闭目凝神之时，便可以看见其旋律卷起若干漩涡。一个漩涡生成后，又派生出另一个漩涡，另一漩涡又同别的漩涡合在一起。那些漩涡——当然是现在才这样想的——具有观念的、抽象的性质。我很想把如此漩涡的存在设法讲给岛本听，但那并非可以用日常语言向别人阐述的东西，要想准确表达必须使用种类更加不同的语言，而自己尚不知晓那种语言。并且，我也不清楚自己所如此感觉到的是否具有说出口传达给别人的价值。

遗憾的是，演奏李斯特协奏曲的钢琴手的名字已经忘了，我记得的只是色彩绚丽的护套和那唱片的重量。唱片沉甸甸的重得出奇，且厚墩墩的。

西方古典音乐以外，岛本家的唱片架上还夹杂纳特·金·科尔①和平·克劳斯比的唱片。这两张我们也着实听个没完。克劳斯比那张是圣诞音乐唱片，我们听起来却不管圣诞不圣诞。至今都觉得不可思议：居然那么百听不厌！

圣诞节临近的十二月间的一天，我和岛本坐在她家客厅沙发上像往常那样听唱片。她母亲外出办事，家中除我俩没有别人。那是个彤云密布、天色黯淡的冬日午后，太阳光仿佛在勉强穿过沉沉低垂的云层时被削成了粉末。目力所及，一切都那

---

① 科尔：美国黑人歌手（1917—1965）。

么呆板迟钝，没有生机。薄暮时分，房间里已黑得如暗夜一般。记得没有开灯。惟有取暖炉的火苗红晕晕地照出墙壁。纳特·金·科尔在唱《装相》（《PRETEND》）。英文歌词我当然完全听不懂，对我们来说那不过类似一种咒语。但我们喜欢那首歌。翻来覆去听的时间里，开头部分可以鹦鹉学舌地唱下来了：

Pretend you are happy when you're blue. It isn't very hard to do.

现在意思当然明白了："痛苦的时候装出幸福相，这不是那么难做到的事"。简直就像她总是挂在脸上的迷人微笑。这的确不失为一种想法，但有时又是非常难以做到的。

岛本穿一件圆领蓝毛衣。她有好几件蓝毛衣。大概是她喜欢蓝毛衣吧，或者因为蓝毛衣适于配上学时穿的藏青色短大衣也未可知。白衬衫的领子从毛衣领口里探出，下面是格子裙和白色棉织袜。质地柔软的贴身毛衣告诉了我她那小小的胸部隆起。她把双腿提上沙发，折叠在腰下坐着。一只胳膊搭在沙发背上，以注视远方风景般的眼神倾听音乐。

"嗳，"她说，"听说只有一个孩子的父母关系都不大好，可是真的？"

我略微想了想，但弄不明白这种因果关系。"在哪里听说的？"

"一个人跟我说的，很早以前，说是因为关系不好所以只能有一个孩子。听的时候伤心得不行。"

"是么。"我说。

"你爸爸妈妈关系可好？"

我一下子答不上来。想都没想过。

"我家嘛，妈妈身体不怎么结实。"我说，"倒是不太清楚，听说生孩子身体负担很大很大，所以不行的。"

"没想过有个兄弟该有多好？"

"没有。"

"为什么？为什么没想过？"

我拿起茶几上的唱片护套看。但房间太暗了，看不清护套上印的字。我把护套重新放回茶几，用手腕揉了几下眼睛。以前给母亲同样问过几次，每次我的回答都既未使母亲高兴也没让母亲难过。母亲听了我的回答后只是做出费解的神情，但那至少对我来说是非常坦率的、诚实的回答。

我的回答很长，但未能准确无误表达自己的意思。归根结蒂我想说的是："这里的我一直是在无兄无弟的环境中成长的，假如有个兄弟，我应该成为与现在不同的我。所以这里的我如果盼望有个兄弟，我想那是违背自然的。"因此我觉得母亲的提问总好像没什么意义。

我把那时的回答同样向岛本重复一遍。重复完，岛本定定地注视着我的脸。她的表情里有一种撩动人心弦的东西。那东西——当然这是事后回想时才感觉到的——带有肉欲意味，仿佛能把人心的薄膜一层层温柔地剥离下去。至今我仍清晰记得她那伴随着表情变化而细微地改变形状的薄唇，记得那眸子深处一闪一灭的隐约光亮。那光亮令我想起在细细长长的房间尽头摇曳不定的小小烛光。

"你说的，我好像能明白。"她用满带大人气的平静的声音说。

"真的？"

"嗯。"岛本应道，"世上的事，有能挽回的有不能挽回

14

的，我想。时间就是不能挽回的。到了这个地步，就再也不能挽回了啊。是这样看的吧？"

我点点头。

"一定时间过去后，好多好多事情都硬邦邦凝固了，就像水泥在铁桶里变硬。这么一来，我们就再也不能回到老地方了。就是说你的意思是：你这堆水泥已经完全变硬了，除了现在的你再没有别的你了，是吧？"

"大致是那么回事。"我的语气有些含糊。

岛本盯视了一会自己的手。"我嘛，时常想来着，想自己长大结婚时的事——住怎样的房子，做怎样的活计，生几个小孩儿，这个那个的。"

"嗬。"

"你不想？"

我摇摇头。十二岁的少年不可能想那种事。"那么，想要几个小孩儿呢，你？"

她把一直搭在沙发后背的手放在裙子膝部。我怔怔地注视着那手指慢慢顺着裙子的方格移动。那里边似乎有什么神秘物，看上去仿佛即将有透明的细线从指尖抽出，编织新的时间。而一闭上眼睛，黑暗中就有漩涡浮现出来。几个漩涡生成，又无声无息地消失了。纳特·金·科尔唱的《国境以南》从远处传来。不用说，纳特·金·科尔唱的是墨西哥。但当时我听不明白，只是觉得国境以南这句话带有某种神奇的韵味。每次听这首歌我都遐想国境以南到底有什么。睁开眼睛，岛本仍在裙子上移动手指。我觉得身体深处掠过了甘甜的微痛。

"也真是奇怪，"她说，"不知为什么，只能想象有一个小孩儿的情景。自己有小孩儿大致想象得出，我是妈妈，我有个小孩儿。但小孩儿有兄弟却想象不好。那孩子没有兄弟，独生子。"

她无疑是早熟的少女，无疑对我怀有作为异性的好意，我也对她怀有作为异性的好感。可是我不知道到底该怎么办，岛本大概也一样。她握过一次——仅一次——我的手，握法就像当向导时说"快请这边来"那样。握手的时间也就十秒钟左右吧，但我却感到有三十分钟之久，她松手时我还希望她继续握下去。看得出，实际上她也很想握我的手，尽管她拉过我的手时显得很自然。

现在仍真切记得当时她的手的感触。它同我所知道的任何感触都不一样，同我其后所知道的任何感触也不一样。那是一个十二岁少女温暖的普通的小手，但那五根手指和手心中满满地装着当时的我想知晓的一切和必须知晓的一切，就像样品盒一样。她通过手拉手向我传达了这一点，告知我现实世界中的确存在那样的场所。在那十秒之间，我觉得自己成了一只无所不能的小鸟。我能在天空飞翔着感觉到风力，能从高空看远处的景物。由于太远了，具体有什么无法看得一清二楚，但我感觉得出它就在那里，我总有一天会到达那里。这让我透不过气，让我胸口悸颤。

回家后，我坐在自己房间的桌前，久久盯视被岛本握过的那只手。非常高兴她握自己的手。那温柔的感触一连好几天都在温暖我的心，但同时也使我迷乱、困惑、难过。自己该如何对待那温情呢？该把那温情带去哪里呢？我不得而知。

小学毕业出来，我和她进了不同的中学。由于种种原因，我离开了原来居住的房子，搬去另一个镇。虽说是另一个镇，其实不过相隔两个电车站，那以后我也去她家玩了几次。记得搬走后三个月里去了三四次。但也只是到此为止，不久我就不再去找她了。那时候我们正要通过非常微妙的年龄段。我感到，我们的世界仅仅由于中学不同、由于两家相距两站，就整个为之一变了。同学变了，校服变了，课本变了，自己的体形、声音以及对各种事物的感受方式也在发生急剧变化。我同岛本之间曾经存在的亲密空气也似乎随之渐渐变得别扭起来，或者不如说她那方面无论肉体还是精神都正在发生比我还要大的变化，我觉得。这使我总有些坐立不安，同时我感到她母亲看我的眼神也逐渐变得不可捉摸，像是在说"这孩子怎么老来我家呀，又不住在附近，又不同校"。也可能自己神经过敏。但不管怎样，当时总觉得她母亲的视线里有文章。

　　这样，我的脚步渐渐远离了岛本，不久中止了交往。但那恐怕（大概只能使用恐怕这个词。因为归根结蒂，验证过去这一庞杂的记忆进而判断其中什么正确什么不正确并非我的职责）是个失误。本来那以后我也应该和岛本紧密联结在一起的。我需要她，她也需要我。然而我的自我意识太强，太怕受到伤害。自那以来，直到后来很久，我同她一次也没见过。

18

不去见岛本之后，我也经常怀念她。在整个青春期这一充满困惑的痛苦过程中，那温馨的记忆不知给了我多少次鼓励和慰藉。很长时间里，我在自己心中为她保存了一块特殊园地。就像在餐馆最里边一张安静的桌面上悄然竖起"预订席"标牌一样，我将那块园地只留给了她一个人，尽管我推想再不可能见到她了。

　　同她交往的时候我才十二岁，还不具有正确含义上的性欲。对她胸部的隆起、裙子里面的内容倒是怀有朦胧的好奇心的，但并不晓得那具体意味什么，不晓得那将把自己具体引向怎样的地点。我只是侧耳合目静静地描绘那里应该有的东西而已。那当然是不完整的风景。那里的一切都如云遮雾绕一般迷离，轮廓依稀莫辨。但我可以感觉出那片风景中潜藏着对自己至关重要的什么，而且我清楚：岛本也在看同样的风景。

　　想必我们都已感觉到我们双方都是不完整的存在，并且即将有新的后天性的什么为了弥补这种不完整性而降临到我们面前。我们已站在那扇新门的前面，在若明若暗的光照下两人紧紧握住了手，十秒，仅仅十秒。

2

　　在高中时代，我成了随处可见的普通的十多岁少年。那是我人生的第二阶段——成为普通人。对于我来说，此乃是进化的一个过程。我不再特殊，成了普通人。不用说，若有细心人细心观察，应该不难看出我是个有其自身问题的少年。然而说到底，世界上又哪里存在没有其自身问题的十六岁少年呢？在这个意义上，在我走近世界的同时，世界也走近了我。

　　无论如何，在我十六岁的时候，我已不再是那个体弱多病的少年了。上初中后，一个偶然的机会使我去了住处附近一所游泳学校，在那里我正式学会了自由泳，每星期游两个标准游程。我的肩和胸转眼之间因此宽大起来，肌肉也结实了。我不再是从前那个动辄发烧卧床的孩子了。我常常光身站在浴室镜前，花时间仔细查看自己的身体。显而易见，自己的身体正在发生意想不到的急剧变化。我为之欢欣鼓舞。倒不是欣喜自己一步步向大人靠近,较之成长本身,不如说更是为自己这个人的蜕变而欣然。我高兴自己不再是往日的自己了。

我经常看书,听音乐。本来就喜欢书和音乐,而通过同岛本的交往,两个习惯都进一步得到促进,进一步完善起来。我开始跑图书馆,一本接一本看那里的书。一旦翻开书页,中途便再也停不下。书对于我简直如毒品一般,吃饭时看,电车上看,被窝里看,看到天亮,课堂上也偷偷看。不久,我搞到一部自己用的小音响装置,一有时间就关在房间听爵士乐唱片。不过,想跟谁谈论看书和听音乐的体会的欲望却是几乎没有。我就是我自身,不是别的什么人。对此我反倒感到心安理得,别无他求。在这个意义上,我是个异常孤独而傲慢的少年。需要团队配合的体育项目我无论如何喜欢不来,同他人抢分的竞赛也不屑一顾。我喜欢的运动唯有一个人没完没了地默默游泳。

话虽这么说,我也不是彻头彻尾的孤独。尽管为数不多,学校里我还是交了几个要好的朋友。老实说,学校那玩意儿一次也没喜欢过,总觉得校方总是企图把我捏瘪掐死,而我必须时刻保持防范姿态。假如身边没有那样的朋友，我在通过二十岁以前这段不安稳岁月的过程中难免受到更深的伤害。

而且由于开始做体育运动，我不吃的食品也比过去少了许多，同女孩说话无端脸红的情形也变少了。即使不巧暴露自己是独生子，好像也没人当回事了。看来我已经——至少表面上——挣脱了独生子这个紧箍咒。

同时，我有了女朋友。

她长得不算怎么漂亮。就是说，不是母亲看全班合影时会叹息"这孩子叫什么名字，好漂亮啊"那一类型的，但我从第一次见面就觉得她惹人喜爱。照片上倒看不出来，现实中的她却有一种自然打动人心的毫不矫饰的温情。确乎不是足以到处炫耀的美少女，但细想之下，我也并不具有值得向人吹嘘的那类东西。

高二我和她同班，幽会了几次。最初是四人双重幽会，往下就两人单独相处了。和她在一起时，我的心情能奇异地宽松下来。在她面前，我可以无拘无束地侃侃而谈，她也总是喜滋滋地听我讲述，听得津津有味。不是什么大不了的内容，但她听得那么专注，俨然一副目睹足以改变世界的重大发现的神情。女孩子居然会专心听我说话，自从不见岛本以来这还是头一次。与此同时，我也想了解她，什么都想了解，哪怕细枝末节——例如她每天吃什么啦，在怎样的房间生活啦，从窗口可以看见怎样的景致啦。

她的名字叫泉。多好的名字啊，第一次见面说话时我对她说，就像往里扔进斧头就有精灵冒出来似的。听我这么说，她笑了。她有一个小三岁的妹妹和一个小五岁的弟弟，父亲是牙科医生，同样住独门独户，养一条狗。狗是德国牧羊狗，名字叫卡尔。她父亲是日本共产党的党员。当然世间共产党员牙医也怕是不止一人，全部集中起来，说不定能坐满四五辆大巴。但我女朋友的父亲是其中一员这一事实，还是使我觉得有点莫名其妙。她的父母是相当执著的网球迷，每到星期日就拿起球拍去打网球。网球迷共产党员这点说奇妙也够得上奇妙，不过泉看上去倒并不怎么介意。对日本共产党她固然毫无兴趣，但她喜欢父母，常一起打网球，也劝我打网球，遗憾的是对网球这项运动我横竖喜欢不来。

泉羡慕我是独生子。她不太喜欢自己的弟弟妹妹。脑袋少根弦，无可救药的蠢货，她说，没有他俩该多么痛快，无兄无弟真是好上天了。"我可是总想成为独生子。那一来就没人打扰，自由自在，想干什么就干什么了。"

第三次幽会时，我吻了她。那天她来我家玩，母亲说要买东西，出去了，家里只有我和泉两个。我凑上脸，把嘴唇按在她嘴唇上，她闭目合眼什么也没说。我事先已准备了足足一打她生气或背过脸时的道歉辞令，结果没有用上。我吻着她，手臂绕到她背部把她搂得更近些。时值夏末，她穿一条泡泡纱连衣裙，腰部系条飘带，尾巴似的垂在后面。我手心碰在她背部的乳罩搭扣上，脖子感受到她的呼气，心脏怦怦直跳，跳得就像要一下子蹿出身体。那硬得险些胀裂的东西挨在她大腿根上，她稍稍挪了下身体。但仅此而已。看样子她并未有什么不自然和不快。

两人在我家沙发上就这样抱在一起。猫蹲在沙发对面椅子上。我们拥抱时猫抬眼看了一下，但一声未响，伸个懒腰又就势睡了过去。我抚摸她的头发，吻她的小耳朵。心想总得说点什么才好，脑子里却一个词也浮现不出。况且别说开口，连吸气都很困难。然后，我拉起她的手，又一次吻在她唇上。好长时间里她什么都没说，我也什么都没说。

　　将泉送去电车站后，我甚是心神不定，回到家歪倒在沙发上一直眼盯天花板。我什么都思考不成。不一会母亲回来，说这就准备晚饭，可我根本没有食欲。我一声不吭地穿鞋出门，在街上转悠了两个小时。不可思议。虽然我已不再孤独，却又深深陷入了以前从未感觉到的孤独中。就好像生来第一次戴眼镜，无法把握物体的远近。远处的景物看起来近在眼前，本不该鲜明的东西历历在目。

　　分别时她对我说"太高兴了，谢谢"。我当然也高兴。女孩子竟会允许接吻，简直是难以相信的事。不可能不高兴。然而我无法拥抱这百分之百的幸福感。自己好比一座失去台基的塔，越是想登高远眺，心越是剧烈地摇摆不已。对象为什么是她呢？我自己问自己，我到底了解她什么呢？不过同她见过几次面随便说说话罢了。这么一想，我变得非常惶惶不安，觉得坐也不是站也不是。

　　我蓦然想道：假如自己抱的吻的对象是岛本，就不至于如此不知所措了。我们会在无言之中水到渠成地接受对方的一切，而根本不存在什么不安什么迷惘，什么都不存在。

然而岛本已不在这里。现在她在她自己的新世界中，正像我在我自己的新世界中一样。所以没办法将泉和岛本放在一起比较。比较也毫无用处。这里已是新世界，通往曾经存在的世界的门已经在背后关闭。我必须在我所置身的新世界中设法确立自己的坐标。

　　我眼睛一直睁到东方天空隐隐泛出白边，之后上床睡两个小时，冲个淋浴上学。我想在校园里找她说话，想重新确认昨天两人间发生的事，想清楚地从她口中听到她的心情是否还和那时一样。她确实最后对我说过"太高兴了，谢谢"，但天亮想来，觉得全是自己在脑袋里想入非非的幻觉。在学校终于未能找到同泉单独交谈的机会，休息时间她一直同一个要好的女孩子在一起，放学后马上一个人回去了。只有一次，在换教室时我得以在走廊同她打个照面，她迅速朝我莞尔一笑，我也报以微笑，如此而已。但我可以从那微笑中捕捉到昨天确有其事的意味，仿佛在说"别担心，昨天的事是真的"。乘电车回家的路上，我的疑惑差不多已不翼而飞。我真真切切地需要她，那是比昨晚怀有的疑虑和迷惘健康得多强烈得多的欲望。

　　我的需要其实很明确，那就是把泉剥光，就是脱掉她的衣服，和她干那事。这对我来说是异常遥远的路程。事物这东西要通过阶段性地叠加一个个具体图像方能获得进展。为了达到干那事的目标，首先必须从拉开连衣裙拉链开始。而干那事同连衣裙拉链之间恐怕存在着二三十个需要做出微妙判断和决断的程序。

　　我最先要做的是把避孕套弄到手。即便到达实际需要它的阶段还有很长距离，也无论如何都要弄到手才行。因为谁都不晓得它什么时候派上用场。但去药店买是绝对不成的。因为我怎么看都只能是高二学生，何况死活拿不出那个勇气。街上倒是有几台自动售货机，问题是买那玩意儿时若是给谁撞见难免惹出麻烦。三四天时间里，我为此绞尽了脑汁。

　　结果事情进展意外顺利。我有一个较为熟悉此中名堂的朋友，便一咬牙跟他说了：想弄个避孕套，不知怎么办最合适。"那还不容易，要的话给你一盒就是。"他说，"我哥哥他通过邮购什么的买了好大好大一堆。干嘛买那么多倒是不大清楚，反正壁橱里塞得满满的，少一两盒看不出来。"我说那当然求之不得。于是第二天他把装在纸袋里的避孕套带来学校给我。午饭我请客，叮嘱他此事得绝对瞒着别人。他说知道，哪里会讲给别人听。然而他当然没有守口如瓶。他把我要避孕套的事告诉了几个人，那几个人又告诉了其他几个人。就连泉也从一个女同学口里听说了。放学后她把我叫到学校楼顶的平台上。

"喂，初君，听说你从西田手里讨了避孕套？"她说。避孕套三个字她说得十分吃力，听起来就像是带来可怕瘟疫的不道德的病菌。

"啊，呃，"我努力搜寻合适字眼，却怎么也搜寻不出。"没什么特别意思。只是，以前就觉得有一两个怕也不坏。"

"可是为了我才弄来的？"

"也不能就这么说。"我说，"只是有点兴趣，想看看是怎么个东西。不过你要是为这个感到不愉快，我道歉就是。还掉也行，扔掉也可以。"

我们并坐在平台一角的小石凳上。看样子马上就要下雨了，平台上除我俩无任何人。四下里那么静那么静。觉得平台那么静还是第一次。

学校位于山顶，从平台望去，街市和大海尽收眼底。一次我们从播音部的房间里偷来十几张旧唱片，像玩飞碟那样从平台抛出。唱片划着漂亮的抛物线飞去，仿佛获得了短暂的生命，洋洋得意地向港口方向乘风飞行。不巧有一张没有飞好，晃晃悠悠笨头笨脑地掉在网球场上，把在那里练习击球姿势的一年级女生吓了一跳，事后引起一场不小的麻烦。那已是一年前的事了。此刻我正在同一场所就避孕套接受女朋友的盘问。抬头望天，老鹰正缓缓划出漂亮的圆圈。身为老鹰肯定十二分美妙，我想道，它们只消在天空飞翔即可，至少不必为避孕操心费神。

"你真的喜欢我？"她用沉静的声音问。

"还用问，"我回答，"当然喜欢你。"

她把嘴唇抿成一条直线，从正面看我的脸，盯视了很久，以致我浑身有些不自在。

"我也喜欢你的。"又过了一会她说道。

"可是，"我想。

"可是，"她果然这样继续道，"不要着急。"

我点点头。

"性子不要急。我有我的步调。我不是那么乖巧的人，很多事情都要花不少时间做准备才行。你能等？"

我再次默默点头。

“能一言为定？”

“一言为定。”

“不伤害我？”

“不伤害。”我说。

泉低头看了一会自己的鞋。一双普通的黑色平跟船鞋。同旁边我的鞋相比，小得活像玩具。

“好怕的。”她说，“近来有时觉得自己好像成了没壳的蜗牛。”

“我也怕。”我说，“有时觉得自己好像成了没蹼的青蛙。”

她扬脸看我的脸，略微一笑。

随后我们不约而同地走到建筑物后面，抱在一起接吻。我们是没了壳的蜗牛，是丢了蹼的青蛙。我把她的胸部使劲贴在自己胸部，我的舌头和她的舌头轻轻相触。我手隔衬衫摸她的乳房。她没有反抗，只是静静闭目，叹息一声。她的乳房不很大，亲热地缩进我的手心，简直就像天生是为此而造的。她把手贴在我胸口，那手心的感触同我的心跳似乎正相合拍。她和岛本当然不一样，我想。这女孩不会给予我同岛本给予我的一样的东西。但这么一来，她就是我的了，并且想给我以她所能给予的什么。我有什么理由非伤害她不可呢！

　　但我那时还不懂，不懂自己可能迟早要伤害一个人，给她以无法愈合的重创。在某种情况下，一个人的存在本身就要伤害另一个人。

3

　　那以后我和泉继续交往了一年多。每星期幽会一次。看电影，去图书馆一块儿学习，或漫无目标地四处游逛。但在性关系上，两人未发展到最后阶段。父母出门不在时，我也不时把她叫到家里来。两人在我的床上抱在一起，一个月抱两三回吧，记得是。不过，即使家里只我们两人的时候，她也坚决不脱衣服。她说不知谁什么时候回来，有人回来见两人光溜溜的岂不狼狈。这一点上泉非常谨慎。我想她并非胆小，只是性格上难以忍受自己陷入难堪。

　　由此之故，我总是隔着衣服抱她，只能从内衣空隙探入手指，十分笨拙地爱抚。

　　"别急，"每当我现出失望的神情，她便这样说道，"再等等，等我做好准备。求你了。"

说老实话，我倒也不是着急，只是对许多事情都深感困惑和沮丧。我当然喜欢泉，感谢她肯做我的女朋友。若没有她，我的二十岁以前肯定苍白得多无聊得多。总的说来，她坦率正直，令人愉快，不少人都对她有好感。很难说我们趣味相投。我看的书、我听的音乐，我想她几乎是不理解的。所以，我们基本上不曾以对等立场谈过这方面的内容。在这点上，我和泉的关系同我和岛本的关系有很大差别。

　　但是，只消坐在她身边碰一下她的手指，我心里就顿时油然充满温馨。即使是对别人不好开口的事，在她面前也能畅所欲言。我喜欢吻她的眼睑和嘴唇，喜欢撩起她的头发吻那小小的耳朵。一吻，她便咻咻地笑。如今想起她，星期日那静静的清晨都每每浮现在眼前。天朗气清、刚刚开始的星期日，作业没有、什么也没有、尽可做自己喜欢的事的星期日——她屡屡让我产生如此星期日清晨般的心绪。

　　当然她也有缺点。对某类事情未免过于固执己见，想象力也不够丰富。她无论如何也不肯从迄今为止自己所属的所赖以成长的天地中跨出一步，不会对自己喜欢的事情废寝忘食如醉如痴。她爱父母，尊敬父母。她道出的若干意见——今天想来，作为十六七岁的少女也是理所当然的——浮泛而缺乏深度，有时候听得我兴味索然。但是，我一次也没听她说过别人坏话，无谓的沾沾自喜也不曾有过。并且她喜欢我、珍惜我，认真听我说话、鼓励我。我就自己本身和自己的将来这个那个对她说了许多——以后想干什么啦，想成为怎样的人啦等等，无非那个年代的少年大多挂在嘴上的不着边际的梦话罢了，可是她听得专心致志，甚至给我打气："我想你一定能成为了不起的人，你身上有一种出类拔萃的东西。"而且是认认真真说的。对我说这种话的有生以来唯她一人。

再说能够抱她——尽管隔着衣服——也实在妙不可言。我感到困惑和失望的，在于我始终未能从泉身上发现为我而存在的东西。我可以列出她许多优点，优点一览表要比其缺点一览表长得多，大概比我的优点一览表都要长。然而她缺乏决定性的什么。如果我能从她身上找出那个什么，我恐怕早就同她睡了，绝对忍耐不了。就算花些时间我也要说服她，让她想通她为什么必须跟我睡。然而最终我没有一定得那样做的确信。无须说，自己不过是个满脑袋性欲和好奇心的十七八岁的鲁莽少年，但脑袋的某一部位也还是清醒的：如果她不情愿那样，那么是不宜勉强的，至少应该耐住性子等待时机成熟。

不过我抱过一次——仅仅一次——泉的裸体。我对着泉明确宣布自己再不愿意隔衣服抱她，"不想做那种事不做也可以，可我无论如何想看你的裸体，什么也不穿地抱你。我需要这样做，已经忍无可忍了！"

泉想了一下，说若你真有那个愿望，那也未尝不可。"不过一言为定，"她以一本正经的神情说，"只能让这一步，不能做我不愿意做的事。"

休息日她来到我家。那是十一月初一个晴得令人舒坦但略有寒意的星期天。父母有事去了亲戚家——父亲方面的一个亲戚要做法事什么的。本来我也应参加，但我说要准备考试，一个人剩在家里。估计他们要很晚才回来。泉是偏午时来的，两人在我房间的床上抱在一起。我脱她的衣服，她闭上眼睛，一声不响地任由我处置。但我好一番折腾。本来就笨手笨脚，再加上女孩的衣服实在繁琐。结果，泉中途转念睁开眼睛，索性自己脱个精光。她穿一条淡蓝色小三角裤，乳罩与之配套。想必是她自己专门为这个时候买的，因为这以前她一直穿着一般母亲为高中生女儿买的那种。随后我脱去自己的衣服。

我搂着她一丝不挂的肢体，吻她的脖颈和乳房。我得以抚摸她滑溜溜的肌肤，嗅她肌肤的气味。两人赤条条紧搂紧抱委实痛快淋漓。我很想进去，想得险些疯了。但她断然阻止了我。

"对不起。"她说。

不过作为替代，她将我那东西含在嘴里，舌头动来动去。她这样做是第一次。舌头在顶端扫过几次之后，我顾不得细想什么，突然一泻而出。

之后我仍久久抱着泉的身子，上上下下慢慢抚摸不已。窗口射进的秋日阳光照在她的裸体上。我看着吻着，吻了很多很多地方。真是一个无限美好的下午。我们一次又一次光身搂在一起。我射了几次。每射一次，她都去卫生间漱口。

"不可思议的感觉。"泉笑道。

我和泉交往一年多了，但这个星期日下午无疑是我们两人一起度过的最幸福的时光。双双脱光以后，感觉上再也没有什么好隐藏的了。我觉得比以往更能理解泉，泉想必也有同感。需要的是小小的积累，不仅仅是话语和许诺，还要将小小的具体的事实一个个小心积累起来，只有这样两人才能一步一步走向前去。她所追求的，我想归根结蒂便是这个。

泉久久地把脑袋枕在我胸口，仿佛在听我心跳似的一动不动。我抚摸她的秀发。我年已十七，健康，即将成为大人。这确实是件开心事。

不料快四点她准备回去时，门铃响了。一开始我没理会。谁来自是不知道，但只要不理会，一会儿他就会走的。然而铃声执拗地响个不停。讨厌。

"不是你家里人回来了吧？"泉脸色铁青地说，下床，归拢自己的衣服。

"不怕。不可能这么快回来，再说也不至于故意按什么门铃，带着钥匙呢。"

"我的鞋。"她说。

"鞋？"

"我的鞋脱在门口。"

我穿衣下床，把泉的鞋藏进拖鞋箱，打开门。姨母站在门外。母亲的妹妹。一个人住在离我家坐电车要一个小时的地方，时常来我家串门。

"干什么来着？按好半天了！"她说。

"戴耳机听音乐来着，所以没听见。"我说，"不过父母都出门不在，参加法事去了，不到晚上回不来。你也该知道吧，我想。"

"知道知道。正好来这附近办事，又听说你在家用功，就顺路过来做晚饭。东西都买来了。"

"我说姨母，晚饭那东西我自己能做的，又不是小孩子。"

"反正东西都买来了，那有什么。你不是忙吗？我来做饭，那时间你慢慢用功好了。"

得得，我心里叫苦，恨不能一下子死了。这一来，泉可就别想回去了。我家这房子，去房门必须穿过客厅，出门又必须从厨房窗前通过。当然也可以向姨母介绍说泉是来玩的同学。问题是我现在应该在家玩命地准备考试。所以，如果把女孩子叫到家来的事暴露了，后果相当尴尬。求姨母瞒住父母几乎是不可能的。姨母人并不坏，可就是肚子里装不住话，无论什么话。

姨母进厨房整理食品的时间里，我拎起泉的鞋跑上二楼自己的房间。她已穿好了全部衣服。我把情况向她说了。

　　她脸色发青："我可怎么是好！一直出不了门可怎么办啊！我也要晚饭前赶回家的呀，回不去可麻烦透了。"

　　"不怕，总有办法可想。保你顺利，用不着担心。"我劝她镇定下来。可我也全然不知道如何是好，头绪都摸不着。

　　"对了，吊带袜上的小卡子哪里去了？找得我好苦。没在哪里看见？"

　　"吊带袜上的小卡子？"我问。

　　"小东西，这么大的金属卡。"

　　我床上床下寻找，但找不到。"算了，回去就别穿长筒袜了，抱歉。"

　　去厨房一看，姨母正在烹调台前切菜。说色拉油不够了，叫我去哪里买来。我没理由拒绝，骑上自行车去附近小店买色拉油。四下已有些暗了。我越来越担心，看这样子泉真可能走不出门。无论如何得赶在父母回来前采取行动。

　　"看来没别的办法了，只能趁姨母进卫生间时悄悄溜走。"我对泉说。

"能行？"

"试试好了。这么坐以待毙总不是个办法嘛。"

两人约定：我去楼下，姨母一进卫生间就大声拍两下手，她闻声即刻下楼穿鞋出去。若顺利逃脱，就从前面不远处的电话亭打电话给我。

姨母美滋滋地边唱歌边切菜、做酱汤、煎鸡蛋。问题是时间过去了许多，她却怎么也不肯上卫生间，弄得我焦躁得什么似的。我猜想这女人没准长了个特大号膀胱。好在正当我快灰心丧气的时候，姨母总算摘下围裙，走出了厨房。看准她走进卫生间，我冲进客厅使劲拍了两下手。泉提鞋下楼，迅速穿上，蹑手蹑脚走出房门。我进厨房确认她平安出门离去。几乎与此同时，姨母从卫生间闪出。我吁了口气。

五分钟后泉打来电话。我告诉姨母过十五分钟回来，说罢出门。她站在电话亭前等我。

"我再不愿意这样子了。"泉抢在我开口前说道，"这种事再不干第二次了。"

她有些气急败坏。我把她领去车站附近的公园，让她坐在长椅上，温和地握住她的手。泉在红毛衣外面穿了件驼色短大衣。我动情地想起那里边的内容。

"不过今天实在是美妙的一天，当然我是说姨母到来之前。你不这么认为？"我说。

"我当然也快活。和你在一起我总是很快活。可剩下我一个人，就很多事情都搞不清了。"

"例如什么？"

"例如以后的事，高中毕业后的事。你大概要去东京上大学，我留在这里上大学。往下我们到底何去何从呢？你到底打算怎么对待我？"

我已决定高中毕业后去东京上大学，认为有必要离开这里离开父母，一个人独立生活。从综合成绩看，我的学年排名不怎么令人鼓舞，但几个喜欢的科目没正经用功却取得了不算坏的成绩，所以上考试科目少的私立大学看来不会太费劲。可是她基本上没有可能和我一起去东京，泉的父母想把女儿留在身边，很难认为泉会反抗，这以前她一次也没反抗过父母。因此不用说，泉希望我留下来。她说这里不是也有好大学吗，何苦非去东京不可。如果我说不去东京，想必她会马上同我睡的。

"瞧你，又不是去外国，三小时就能跑个来回。况且大学假期长，一年有三四个月待在这边。"我说。已经对她说了几十遍。

"可是一旦离开这里，你就会把我忘到脑后，去找别的女孩了。"她说。已经对我说了几十遍。

每次我都向她保证事情不可能那样。"我喜欢你，哪能那么快把你忘掉！"不过说实话，我还真没有那么足的信心。时间和感情的流程由于场所改变便遽然改变的情形毕竟是有的。我想起自己和岛本的两相分离。尽管两人那般息息相通，但在上初中搬家以后，我还是走上了与她不同的路。我喜欢她，她也叫我去玩，然而最终我还是不上她那儿去了。

"有的事我弄不大明白。"泉说，"你说喜欢我，也很珍惜我，这我明白。但我好些时候弄不明白你实际上在想什么。"

这么说罢，她从短大衣口袋里掏出手帕擦眼泪。这时我才注意到原来她哭了。我不知说什么好，只能等待着她继续下文。

"你肯定喜欢一个人在自己的脑袋里考虑各种各样的事情，而且不大喜欢被人窥看。这也许因为你是独生子的关系。

你习惯于独自考虑和处理各种事情，只要自己一个人明白就行了。"说着，泉摇了下头，"这点时常让我惶惶不安，总觉得自己被人扔开不管了似的。"

已经很久没听到独生子这个词了。小学期间这个词不知给了我多大伤害，而现在泉是以完全不同的含义用这个词的。她说我"因为你是独生子"时，并非说我是被宠坏了的孩子，而是指我有孤独倾向的个性，指我很难走出自己一个人的世界。她不是责备我，只是为此感到悲哀而已。

"能跟你那么拥抱我也高兴，说不定一切也都会这么一帆风顺，"分别时泉说，"问题是不可能这么轻易地一帆风顺的。"

从车站回家的路上，我一直在思考她的话。她想说的我大体能够理解。我不习惯对别人敞开心扉。我想泉对我是敞开心扉的，而我做不到。我固然喜欢泉，但并没有在真正意义上接受她。

从车站到家这段路已走了几千遍，但这时在我眼里竟那么陌生。我边走边回想下午搂抱的泉的裸体，想那变硬的乳头，那弱不禁风的毛丛，那丰满柔软的大腿。想着想着，心里渐渐难受得不行。我在香烟铺的自动售货机买了盒烟，返回刚才同泉一起坐过的公园长椅，点燃一支烟让心情平复下来。

假如姨母不突然杀上门来，很可能一切都顺顺当当。若什么事也没有，想必我们分别时会愉快得多，获得更多的幸福感。不过，即使姨母今天不来，恐怕早晚也还是要发生什么。即使今天不发生，明天也要发生。关键问题是不能说服她。至于为什么不能说服她，是因为我不能说服我自己。

日落天黑，风陡然变冷，告诉我冬天正步步临近。而转过一年，高考季节眨眼就到，往下等待我的将是全新天地里的全新生活。想必新的环境将大大改变我这个人，而我正强烈希求——尽管也忐忑不安——那样的变化。我的身体和心灵都在希求陌生之地和清新的气息。那年很多大学均被学生占领了，游行示威的浪潮席卷东京城。世界即将在眼前发生沧桑巨变，我想用身体直接感受它的炽热。纵使泉热切希望我留在这里，纵使她作为交换条件答应同我睡觉，我也再不想留在这座静谧而幽雅的小城——哪怕因此而结束她和我的关系。倘留在这里，我身上的什么必定彻底消失。但那是不可以消失的。它好比朦胧的梦幻。那里有高烧，有阵痛，那是一个人只能在十七八岁这一有限的期间里怀有的梦幻。

那同时又是泉所不能理解的梦幻。那时她所追逐的是另一形式的梦幻，是另外一个世界。

但是，在新天地里的新生活实际开始之前，我和泉的关系最终还是发生了意想不到的突如其来的破裂。

4

　我最初睡的女孩是独生子。

　她不是——也许应该说她也不是——一起上街时令擦肩而过的男人不由回头的那一类型，不如说几乎不引人注意更为准确。然而第一次同她相见，我就莫名其妙地被她深深吸引了。那简直就像在光天化日下走路时突然被肉眼看不见的闷雷击中一般，没有保留没有条件，没有原因没有交代，没有"但是"没有"如果"。

　回首迄今为止的人生，除去极少数例外，我几乎不曾有过被一般意义上的靓女所强烈吸引的体验。和朋友一起走路，朋友有时说"喂喂，刚才过去的女孩真够漂亮"，而我听了，却想不出那种"漂亮"女孩什么模样,很有些不可思议。阅历中几乎不曾对美貌女演员和模特一见倾心。原因不晓得,反正就是这样。甚至在十几岁时——现实与梦境的界线极其模糊且"憧憬"这一情思淋漓尽致地施展威力的时期——我也不曾仅仅因为美貌而对美貌姑娘想入非非。

能强烈吸引我的,不是可以量化、可以一般化的外在美,而是潜在的某种绝对的什么。一如某一类人暗自庆幸大雨地震全面停电,我则喜好异性对我发出的来势汹涌而又不动声色的什么。这里姑且将那个什么称为"吸引力"好了——不容分说地、不管三七二十一地吸引人吞噬人的力。

或许可以将其比喻为香水的气味儿。在怎样的作用下才能产生具有特殊魅力的气味儿,恐怕就连调制它的调香师也无法说明,化验想必也得不出结果。然而,能说明也罢不能说明也罢,某种香料的配合就是能如交尾期动物身上的气味儿一样吸引异性。某一气味儿百人中可能吸引五十人,另一气味也许会吸引百人中的另外五十人。但此外能在百人中摧枯拉朽地吸引一两人的气味儿世间也是存在的,那便是特殊气味儿。而我具有敏锐地嗅出如此特殊气味儿的能力。我知道那是专门为我而存在的宿命式的气味儿，即使相距迢迢我也能百发百中地嗅出。届时，我就跑到她们身边告诉她们我已感受到了，"其他人或许感受不到，可我感受到了。"

第一次见面我就想和她睡。说得更准确些，是必须和这女子睡。而且本能地感觉出对方也想同我睡。在她面前我真个浑身发颤。当着她的面就急剧地勃起了几次，走路都困难。这是我生来第一次体验到的吸引力（在岛本身上我大约感觉过其雏形，但那时的我还远未成熟，所以那很难称之为吸引力）。碰上她时我是十七岁的高三学生，她是二十岁的大二学生，而且阴差阳错，居然是泉的表姐。她大致也有男朋友，但这对我们根本不成为障碍。即使她四十二岁有三个小孩且屁股生两条尾巴，我想我也不至于介意。其吸引力便是大到了这个地步。我明确认识到不可就这样放过这女子，否则我肯定抱憾终生。

总之我生来第一次干的对象就是我女朋友的表姐。并且不是普通的表姐，而是非常亲密的表姐，泉和她自小要好，平日往来不断。她在京都上大学，租住在御所西边一座宿舍楼里。

我和泉去京都玩时叫她来同吃午饭。那是泉来我家两人赤身搂抱，但由于姨母来访而闹得天翻地覆的那个星期日之后第三个星期的事。

泉离座时，我说可能要打听她上的那所大学的事，问出了她的电话号码。两天后我往她宿舍打电话，说如果方便下星期日要见她一下，她停一下回答说可以啊，那天正好有空儿。听其声音，我坚信她也想同我睡，从语调中我清楚感觉出了这一点。于是下个星期日我独自去京都找她，下午就跟她睡上了。

其后两个月时间里，我同泉的表姐只管大干特干，干得脑浆都像要融化了。两人没去看电影，没散步。小说也罢音乐也罢人生也罢战争也罢革命也罢一概没谈。我们只是干、干。当然三言两语我想也还是聊过的，但聊的什么几乎无从记起。我记得的仅仅是那里具体的细小的物像——枕边的闹钟、窗口挂的窗帘、茶几上的黑色电话机、挂历上的摄影画、她脱在地板上的衣服，以及她肌体的气味儿、她的声音。我什么也没问她，她什么也没问我。不过仅有一次，一起躺在她床上的时候忽然心有所觉，问她是不是独生子。

"是啊，"她一副诧异的神情，"我是没有兄弟姐妹，可你怎么知道的呢？"

"怎么也不怎么，只是一种感觉。"

她注视了一会我的脸，"你怕也是独生子？"

"是啊。"

留在记忆中的两人的交谈只有这么多。我蓦地感到了一种气息：这女子说不定是独生子。

除去确有必要的场合，我们甚至吃喝都省略了。见面几乎口也不开便脱衣服，上床搂作一团，干。没有阶段，没有程序。我只是单纯地贪婪那里提示的一切，她恐怕也同样。每次见面我们都干上四五回。那可是毫不含糊地同她干到一滴精液不剩，干到龟头发肿作痛。尽管干得如此热火朝天，尽管都从对方身上感觉出汹涌澎湃的吸引力，但双方都没有成为恋人并快快乐乐长此以往的念头。对我们来说，那可谓一阵龙卷风，迟早总要一去不复返。我想我们都已察觉到如此情形是不可能永远持续下去的，所以每次见面脑袋里都有疑虑，以为这次相抱是最后一次，而这疑虑又格外鼓起了我们的干劲。

准确地说，我并不爱她，她当然也不爱我。但爱与不爱对方对那时的我不是重要问题。重要的是自己此时此刻被急剧地卷入了什么之中，而那什么对于我来说应该含有关键因素。我想知道那是什么，迫不及待。倘若可能，我甚至想把手伸进她的肉体直接触摸那个什么。

我喜欢泉。可是她一次也不曾让我体味如此横冲直闯的力。相比之下，对这女子我一无所知，也没感觉出爱情。然而她让我震颤，让我奋不顾身地接近。我们所以没有认真交谈，归根结蒂是因为没感到有此必要。如果有认真交谈的气力，我们就又用它来多干一次。

我想，在我们争分夺秒如醉如痴地将这种关系持续几个月之后，大概就要不约而同地互相远离。这是因为，那时我们所进行的，是极为自然极为正常极为必要的行为，没有被任何疑问插足的余地。至于爱情、罪恶感以及未来之类一开始便被排除在外，没有介入的可能性。

所以，假如我同她的关系不暴露（但实际上肯定很难，毕竟我同她干得太入迷了），那以后我同泉想必会将恋人关系保持一段时间，每年至少可以在大学放假的几个月时间里继续幽会。关系能保持多久我说不准，不过我觉得若干年后我们还是要自然而然——并非由于哪一方主动提出——分手的。我们之间有几个大的不同点，而且是随着成长、随着年龄增大而逐渐扩大的那类不同点。现在回头看去，我看得十分清楚。不过，就算将来一定分手，如果没有我同她表姐睡觉那种事，我们会分手得更温和些，以更为健康的姿态踏入新的人生阶段，我猜想。

然而现实中并未那样。

现实中我严重伤害了她，损毁了她。她受到怎样的伤害怎样的损毁，我也大体想象得出。泉没有考上以她的成绩本应手到擒来的大学，而进了一所名字都不为人知晓的女大。同她表姐的关系败露后，我同泉见面谈了一次。两人在时常用来碰头的小咖啡馆里谈了很久。我设法做出解释，试图尽可能地开诚布公，小心斟酌词句向她诉说自己的心情——同她表姐之间发生的事决不是本质上的，不是既定路线上的，那只是一种物理性的吸引力导致的，自己心中甚至连背叛恋人的愧疚感都没有，那对两人的关系不具任何影响力。

但是泉当然不理解，说我是卑劣的扯谎鬼。也的确如她所说，我瞒着她偷偷摸摸同她表姐睡觉来着。况且并非一次两次，而是十次二十次。我一直在欺骗她。事情若理直气壮，自然无需欺骗。应该一开始就向她挑明：我想和你表姐睡，想大动干戈一直干到脑浆消融，想以各种体位干上一千回，但这和你毫不相干，所以希望你不要在乎。问题是作为现实不可能这么对泉直言不讳。所以我扯了谎，扯了一二百遍。我编造适当的理由拒绝同她幽会而去京都同她表姐睡觉，对此我没有辩解的余地。不用说，一切责任在我。

　　泉得知我同她表姐的关系，是一月已接近尾声时候的事，我的十八岁生日刚刚过去。二月几场高考我全部轻易过关，三月末将离开这里前往东京。离开前我给泉打了好几次电话，但她再不肯同我说话。长信我也写了几封，都没接到回音。不能就这样离开，我想，不能就这样将泉一个人扔下不管。但是，我就是再这样想，现实当中也是无能为力的。因为泉已不想同我发生任何形式的往来了。

　　在开往东京的新干线列车上，我一边惆怅地望着窗外风景，一边思考自己算是怎样一个人。我看放在膝头的自己的手，看映在窗玻璃上的自己的脸。位于这里的我到底算什么呢？有生以来我第一次对自己产生强烈的厌恶感。事情为什么会这个样子呢？不过我明白，若再次置身同样状况，我还得重蹈覆辙。恐怕仍会对泉扯谎，仍同她表姐睡的，而不管那将怎样地伤害泉。承认这一点是痛苦的，但实情如此。

当然，在损毁泉的同时，我也损毁了自己。我深深地——比当时我所感觉的还要深得多地——伤害了自己本身。从中我理应吸取很多教训。但经过若干年后重新回头审视的时候，我从中体验到的，仅仅是一个基本事实，那就是：在终极本质上我这个人是可以作恶的。诚然我一次也没有动过对谁作恶的念头，然而动机和想法另当别论，总之我是可以在必要情况下变得自私变得残忍的，就连本应悉心呵护的对象我也可以找出冠冕堂皇的理由给予无可挽回的、决定性的伤害，我就是这样一个人。

上大学后，我打算在新的城市获得新的自己，开始新的生活，打算通过成为新人来改正错误。最初似乎还算顺利，然而归根结蒂，我无论如何只能是我，仍将重复同样的错误，同样伤害别人，同时损毁自己。

年过二十时我忽然心想：说不定自己再不能成为一个地道的人了。我犯过几个错误，但实际上那甚至连错误都不是。与其说是错误，或许莫如说是我自身与生俱来的倾向性东西。如此想着，我黯然神伤。

5

　　大学四年没有多少值得一提的事。

　　上大学第一年我参加了几次示威游行，也同警察冲突过，还声援了校园里的罢课，参加了政治集会，认识了好几个蛮有兴味的人，但我无论如何都没办法对那样的政治斗争投入全副身心。每次游行同旁边一个人手拉手，我都觉得有些别扭；不得不朝警察队伍投石块时，又觉得自己好像不再是自己。我思忖，这就是自己真正追求的东西么？同他们之间，我无法怀有连带感。大街上弥漫的暴力气息、人们口中慷慨激昂的话语，渐渐在我心目中失去了光彩，我开始一点一滴地怀念同泉度过的时光。可是我已无法返回那里，我已将那个天地抛到身后去了。

　　而与此同时，对大学里教的东西又几乎无法上来兴致。我选的课大半索然无味，没有任何使我为之心动的东西。整天忙于打工，校园也没正经去，四年混得毕业应该说是万幸。女朋友也有了，三年级时同居半年，但最终不欢而散。那阵子我正彷徨，搞不清自己对于人生到底寻求什么。

回过神时，政治季节已然结束。一度仿佛足以摇撼时代的巨大浪潮也如失去风势的旗一般颓然垂下，被带有宿命意味的苍白的日常所吞没。

大学毕业出来，经朋友介绍，我进入一家编辑出版教科书的公司工作。剪短头发，脚登皮鞋，身穿西服。公司看上去虽不甚起眼，但那年的就业形势对于文学院出身的人并不怎么温情脉脉。何况以我的成绩和门路而言，即使打更有趣的公司的主意也笃定要吃闭门羹，能进这里应该谢天谢地了。

工作果然单调。办公室气氛本身诚然不坏，但遗憾的是我几乎没办法从编教科书这项作业中觉出半点快乐。尽管如此，一开始半年左右我还是干得很卖力，以期从中发现乐趣，以为无论什么事情只要全力以赴总会有所收获，然而最终只能徒呼奈何。我得出的最后结论是：不管怎么折腾，自己都不适于干这个活计。我有些心灰意懒，觉得自己的人生已走到尽头，以后的岁月恐怕就要在这编造枯燥无味的教科书的过程中损耗掉。若无其他情况，退休前三十三年时间我都将日复一日地伏案看校样、计算行数、订正汉字注音，同时找个差不多的女人结婚生几个孩子，将一年两次的奖金作为惟一的乐趣。我想起过去泉对我说的话："你一定能成为一个了不起的人，你身上有一种出类拔萃的东西。"每次想起心里都一阵难受。我身上哪里有什么出类拔萃的东西啊，泉！估计如今你也明白过来了。不过也是没办法的事，谁都会阴差阳错。

在公司里，我几乎机械地完成派到自己头上的工作，剩下的时间独自看喜欢的书，听喜欢的音乐。我转而认为，工作这东西原本就是单调的、义务性的，因而只能将工作以外的时间有效地用于自己，以寻找相应的人生乐趣。我懒得和公司同事去外面喝酒，倒不是人缘不好或曲高和寡，只是不愿意在工作以外的时间、在公司以外的场所主动发展与同事的个人关系。可能的话，还是想把自己的时间用在自己身上。

这样一晃儿过去了四五年。其间结交了几个女朋友，但持续时间都不长。和她们相处几个月后我便这样想道："不对，不是这样子的。"我无论如何都无法从她们身上发现专门为我准备的什么。和其中几个人睡过，但已没有激情了。这是我人生的第三阶段。从上大学至迎来三十岁这十二年时间，我是在失望、孤独与沉默中度过的。这期间几乎不曾同任何人有心灵上的沟通，对于我可谓冷冻起来的岁月。

我比过去还要深地蜷缩在自己一个人的世界里。一个人吃饭，一个人散步，一个人去游泳池，一个人去听音乐会和看电影。习惯以后，也不怎么觉得寂寞或不好受。我时常想到岛本，想到泉。如今她们在哪里、做什么呢？说不定两人都已结婚，小孩都可能有了。不管两人处境如何，我都想见她们，想和她们说话，哪怕三两句也好，哪怕仅仅一个小时也好。若对象是岛本或者泉，我是能够准确述说自己心情的。我考虑同泉言归于好的方法，考虑同岛本相见的途径，以此打发时间，心想若是如愿以偿该有多好啊！但我没有为此做什么努力。说到底，她们已是远离自己人生的存在了。时针不可能倒转。我经常自言自语，夜晚自斟自饮，开始认为自己恐怕一辈子都不会结婚也是在那个时候。

进公司第二年，我同一个有腿疾的女孩幽会过。双重幽会，同事拉我去的。

"腿稍有毛病，"他有点儿难以启齿地说，"不过人长得漂亮，性格也好。见面你准会中意的。而且虽说腿有毛病，但并不明显，只是略微有一点点跛。"

"那倒没什么关系。"我说。老实说，假如他不道出腿有毛病，自己还未必前往。我讨厌所谓双重幽会和匿名幽会那类名堂。但在听说女孩腿有毛病时，我便无论如何也无法拒绝了。

——虽说腿有毛病，但并不明显，只是略微有一点点跛。

那女孩是我同事女朋友的同学——大概是高中时代同级。她个子不高，相貌端庄。那不是一种张扬的美，而是一种宁静含蓄的美，使我联想到密林深处怎么都不肯出来的小动物。我们看罢星期日早场电影，四人一块儿吃午饭，这时间里她几乎不开口，逗她开口她也只是默默微笑。之后分两对散步。我和她去日比谷公园喝茶。她拖的是同岛本相反的那条腿，扭摆的方式也略有不同。岛本多少有点画圆，她脚尖略略打横地直线前拖。尽管如此，走路方式还是多少相似的。她身穿红色高领毛衣和蓝牛仔裤，脚上是普通的沙漠靴。几乎没化妆，头发束成马尾辫。说是大学四年级，但看上去还要年轻些。好一个沉默寡言的女孩。至于是平时也这么沉默寡言，还是由于初次见面而紧张得说不好，抑或只是因为缺少话题，我自是揣度不出。反正一开始的交谈几乎不成其为交谈。我弄明白的，不外乎她在一所私立大学学药学。

"药学有意思？"我试着问。我和她走进公园里的咖啡馆喝咖啡。

我这么一说，她脸上隐隐泛红。

"没关系的，"我说，"编教科书也不是那么有意思的。世上没有意思的事多得堆成山，用不着一一放在心上。"

她思索片刻，总算开口了："倒也不特别有意思。因我家是开药店的。"

"噢。关于药学可能告诉我点什么？药学我一无所知。说来你别见怪，六年来差不多一粒药也没吃过。"

"好身体啊。"

"这样，喝酒醉过夜也一次都没有过。"我说，"不过小时候身体弱，总闹病，药也吃了不少。我是独生子，父母肯定爱护过头了。"

她点了下头，往咖啡杯里窥视。到第二次开口又等了好些时间。

"药学嘛，我想确实不是太有意思的学问。"她说，"比一个个死记硬背药品成分更有意思的事，世上肯定有很多很多。同样是科学，但它既不像天文学那么浪漫，又不像医学那么有戏剧性。不过那里边有一种令人感到亲近的东西，说是如影随形也未尝不可。"

"有道理。"我说。这女孩想说还是蛮会说的，只是找词儿比别人费时间。

"可有兄弟？"我问。

"两个哥哥，一个已经结婚。"

"选学药学，就是说将来要当药剂师继承药店了？"

她又有点儿脸红了，随后又缄默有顷。"不清楚。两个哥哥都有工作了，也可能由我继承。不过也并没有定下来。如果我不打算继承，父亲说那也无所谓，自己能开到什么时候就开到什么时候，往下卖掉就是。"

我点点头，等她继续下文。

"不过我想我继承也可以的。我腿不好，工作没那么容易找。"

我们就这样单独聊着度过了一个下午。沉默的时候多，开口费时间，一问什么就脸红。但同她说话绝不枯燥，也没有困窘感，说令人愉快都可以。对于我这是很少有的事。如此在咖啡馆隔着桌子面对面说过话之后，我甚至觉得很久以前就已认识了她。那类似一种缱绻的情思。

但是，若说自己的心已被她强烈吸引，坦率地说，我想只能说尚不至于。当然我对她怀有好感，一起度过了愉快的下午。她又长得漂亮，如同事一开始所说，性格看来也不错。但若问是否通过这些事实的罗列而从她身上发现了强有力地摇撼自己心灵的某种东西，那么很遗憾，回答是否定的。

而岛本身上却有，我想。和那个姑娘在一起时我一直在想岛本，尽管觉得不该想，但不能不想。一想到岛本，我的心现在都还摇颤。那里有兴奋，有仿佛轻轻推开自己心灵深处一扇门的带有低烧的兴奋。可是同那个有腿疾的漂亮姑娘在日比谷公园散步时，我却未能感觉出那种兴奋或震颤。在她身上我所感受的，仅仅是某种共鸣和平静的温情。

她的家、也就是药店在文京区小日向。我乘公共汽车把她送到那里。两人并肩坐车时，她也几乎没开口。

　　几天后同事来到我跟前，"那孩子对你好像相当满意，"他说，"这个星期天四个人再上什么地方去可好？"但我适当找了个借口谢绝了。再次见面交谈本身不存在任何问题。老实说，我也想再慢慢和她谈一次。假如我们在别的场合碰上，成为要好的朋友也未可知。问题是不管怎么说毕竟是双重约会，其行为的本来目的即是物色恋人。如果连续见面两次，势必产生相应的责任。而我不愿意——无论哪一种形式——伤害那个女孩。我只能谢绝。当然也就再未同她相见。

6

　　此外我还在有腿疾的女性方面有过一次非常奇特的经历。那时我已二十八。但由于事情过于奇特，至今我都难以弄明白那到底意味什么。

　　我在年末喧闹拥挤的涩谷街头见到一位同岛本跛得一模一样的女性。她身穿偏长的红色大衣，腋下夹一个黑色漆皮手袋，左手腕戴一个手镯样的银色手表。她身上的东西看上去十分高级。我在另一侧路面行走，偶然瞧见她后，立即穿过马路。路上人头攒动，不知从哪里冒出这么多人来，不过追她倒没花多少时间，因为她腿不灵便，走不了那么快。那抬腿的方式同我记忆中的岛本实在像极了——她也像岛本那样左腿以稍稍画圆的姿势拖着。我跟在她后头，入迷地看着那被长筒袜包裹住的匀称动人的腿描绘出优美的曲线。那是唯有经过成年累月训练的复杂技术才能产生的优美。

我稍离开一点儿跟在她后面走了一阵子。配合她的步调（即以同人群流速相反的速度）行走并非易事。我不时打量橱窗或停下来装作搜摸风衣口袋的样子来调整行速。她戴一副黑皮手套，没拿手袋的那只手提一只商店里的红纸袋。尽管是阴沉沉的冬日，但她仍戴着大大的太阳镜。从她身后我能看到的，只有梳得整整齐齐的秀发（在肩那里向外卷起，卷得非常雅致），和给人以柔软暖和之感的红大衣后背。不消说，我很想确认她是不是岛本。要确认并不难，绕到前面好好看一眼即可。问题在于倘若是岛本，那时我该说什么呢？该怎样表现呢？何况，她还记得我吗？我需要做出判断的时间。我必须调整呼吸、清理思绪、端正姿态。

我在注意不让自己超过她的情况下紧随不舍。这时间里她一次也没回头，一次也没止步，甚至没有斜视，只是朝某个目的地径自行进不止。她走路时背挺得笔直，昂着头，岛本也总是那样。如果不看她左腿的移动而仅看其上身，肯定谁都看不出她腿有毛病，无非走路速度较普通人慢几拍而已。越看她走路的样子，我越是想岛本，走法真的可以说是一个葫芦分出的两个瓢。

女子穿过拥挤的涩谷站前，一步不停地沿坡路朝青山方向走去。到了坡路，脚步就更慢了。她已走了相当远的距离。坐出租车都不奇怪的距离。即使腿没毛病的人走起来也够吃力的，可是她拖着一条腿持续行走不止。我拉开适当距离跟在后面。她依然一次也没回头，一次也没止步，甚至橱窗都没扫一眼。拿手袋的手同提纸袋的手换了几次。但除此之外，她始终以同一姿势同一步调前进。

一会儿，她躲开大街的人群，走进侧道。看来她对这一带相当熟悉。从繁华大街往里跨进一步，便是幽静的住宅地段。由于人少了，我更注意保持好距离跟上。

总共跟她走了大约四十分钟。在行人稀少的路段走一阵子，拐过几个路口，重新走上热闹的青山大街。但这回她几乎不在人群中走，就像早已打定主意似的，毫不迟疑地径直走进一家咖啡馆。那是一家西式糕点店经营的不大的咖啡馆。出于慎重，我在附近转了十分钟后才进去。

进去马上找到了她。里面热气扑人，但她仍身穿大衣，背对门口坐着。那件看上去相当昂贵的红大衣实在醒目。我坐在尽头处的桌旁，要了杯咖啡，然后拿起手边一份报纸，装作看报的样子若无其事地观察她的动静。她桌上放着一只咖啡杯，但依我观察，她一次也没碰那杯子。除一次从手袋里取出香烟用打火机点燃，此外再无别的动作，只是静静坐在那里打量窗外景致。看上去既像纯粹的歇息，又像在考虑什么要紧事。我喝着咖啡，翻来覆去地看报上的同一则报道。

过了好半天，她像下定什么决心似的霍然离座，朝我这张餐桌走来。由于其动作过于突如其来，我的心脏差点儿停止跳动。但不是来我这里。她从我桌旁走过，直接去了门旁的电话那里，继而投入零币，拨动号码。

电话离我座位不太远，但由于周围人声嘈杂，加之音响在大声放圣诞歌，没办法听清她的说话声。电话打了很久，她桌上放的咖啡一碰没碰地凉在了那里。通过我旁边时，我从正面看了她的面孔，可还是不能断定她就是岛本。妆化得相当浓，而且近半边脸给大太阳镜遮了，眉毛被眉笔描得甚是分明，涂得又红又窄的嘴唇咬得紧紧的。毕竟我最后一次见岛本时双方都才十二岁，已是十五年前的事了。脸形多少让我隐约记起岛本少女时代的面影，但说是毫不相关的别人似乎也未尝不可。

我所看清的只是她是脸形端庄的二三十岁女性，身穿值钱的衣服，而且腿有毛病。

我坐在座位上冒出汗来，汗出得贴身衬衣都湿透了。我脱去风衣，又向女侍要了一杯咖啡。我问自己"你到底在干什么？"我是因为丢了手套来涩谷买新手套的，而发现这女子后，便走火入魔似的一路跟踪而来。按正常想法，理应直接问一句"对不起，您是岛本吗？"这样最为直截了当。可是我没那样做，只是默默地尾随其后，现在已经到了无法返回的地步。

打完电话，她直接折回自己的座位，然后背对着我坐下，一动不动地眼望窗外景物。女侍走到她身边，问凉了的咖啡可不可以撤去。声音我没听见，估计是那么问的。她回头点了下头，好像又要了一杯。但新端来的咖啡她依然没动。我一边不时抬眼打量一下她的动静，一边继续装作看报的样子。她几次把手腕举到面前，看一眼镯形银色手表。估计她在等谁。我心想这恐怕是最后的机会了。等那个谁来了，我就可能永远失去向她搭话的机会。然而我又无论如何都无法从椅子上起身。不要紧，我说服自己，还不要紧的，不急。

这样相安无事地过去了十五至二十分钟。她一直在眼望外面的街道，之后忽然静静站起，挟起手袋，另一只手提起商店的纸袋。看来她已对等人不抱希望，或者本来就不是等人。看准她在收款机前付罢款走出门去，我也急忙站起，付了款朝她追去。眼见红色大衣从人群中穿过，我拨开人流朝她的方向冲去。

　　她扬手叫出租车。片刻，一辆出租车闪烁着方向指示灯靠上路旁。必须打招呼了！钻上出租车就完了。不料刚朝那边跨步，马上有人抓住我的臂肘，力气大得惊人。痛并不痛，但力气之大使我透不过气。回头一看，一个中年男子正看着我的脸。

　　对方比我矮五公分左右，但体格十分壮实，年龄大概四十五六，身穿深灰色大衣，脖子上围着开司米围巾，一看就知都是高档货。头发整齐地分开，架一副玳瑁框眼镜。看来经常运动，脸晒得恰到好处，想必滑雪来着，或者打网球也有可能。我想起同样晒成这个样子的喜欢打网球的泉的父亲。估计是正规公司身处高位的人，或是高级官员，这一点看其眼睛即可了然——那是习惯向许多人下达命令的眼神。

"不喝杯咖啡？"他声音平静地说。

我眼睛仍在追逐红大衣女子。她一边弯腰钻进出租车，一边从太阳镜里朝这边扫了一眼。我觉得她至少瞧见了这边的场景。出租车车门随后关上，她的身姿从我的视野里消失了。她消失后，剩下我同那奇妙男子两人。

"不多占用时间。"男子说，语调几乎感觉不出起伏。看上去他一未生气，二未激动，简直就像为谁顶住门扇似的稳稳抓着我的臂肘，脸上毫无表情。"边喝咖啡边说吧！"

当然我也可以直接走开，就说自己不想喝什么咖啡，也没话跟你说，首先连你是谁都不知道，对不起我有急事。然而我一声不响地盯着他的脸看，继而点下头，照他说的再次走进刚才的咖啡馆。可能是我害怕他握力中包含的什么，我从中感觉到了类似奇异的一贯性的东西。那握力既不放松，又不加强，如机器一般准确地紧抓住我不放。我无法判断如果拒绝的话，那时此人到底会对我采取怎样的态度。

但害怕之余，好奇心多少也是有的，想知道往下他究竟要对我说什么话，对此颇有兴致。那或许会带给我关于那个女子的某种信息。在女子消失的现在，这男子说不定将成为连接女子和我的惟一通道。何况毕竟在咖啡馆，总不至于对我动武。

我和男子隔桌对坐。女侍来之前两人都一言未发。我们隔着桌子目不转睛地对视。随后，男子要了两杯咖啡。

"你为什么一直跟在她后面呢？"男子用足够客气的语调问我。

我默然不答。

他以没有表情的眼神紧紧盯视我。"你从涩谷开始就紧跟不放，"男子说，"跟了那么长时间，任凭谁都要发觉的。"

我什么也没说。料想是女子意识到我在跟她，进咖啡馆打电话把这男子叫来了。

"不想说，不说也无所谓。你就是不说我也完全晓得怎么回事。"男子大约有些激动，但语调全然不失客气与平静。

"我可以干出几种事来。"男子说，"不骗你，想干就干得出。"

往下他便只是盯住我的脸，意思像是说不再解释也该明白吧。我依旧闷声不响。

"不过这次不想扩大事态，不想挑起无谓的风波。明白吗？仅此一次。"说着，他把放在桌面上的右手插进大衣口袋，从中掏出一个白信封，左手则一直置于桌面。是个工作信封，没有任何特征，雪白雪白。"所以只管默默收下。想必你也不过是受人之托，作为我也想尽量息事宁人。多余的话希望你一句也别说。你今天没有看见任何特殊情形，也没遇见我，明白了吗？若是我知道你说了多余的话，上天入地我也会找出你算账。所以盯梢的事请到此为止。双方都不愿意节外生枝吧？不是吗？"

如此说罢，对方朝我递出信封，就势站起，旋即一把抓起账单，大踏步离去。我目瞪口呆，依然坐在那里半天没动，之后拿起桌面上放的信封往里窥看：万元钞十张，一道折也没有的崭新的万元钞。我口中沙拉沙拉发干。我把信封揣入风衣袋，走出咖啡馆。出门环视四周，确认哪里也没有那男子后，拦出租车返回涩谷。

便是这么一件事。

我仍保留着那个装有十万元的信封，就那样藏在抽屉里没动。遇到不眠之夜，我时常想起他的脸，就好像每当发生什么事，不吉利的预言便浮上脑际。那男子到底是谁呢？还有，那女子是不是岛本？

事后我就此事件设想了几种答案，那类似没有谜底的谜语。设想完了又将其推翻，如此反复多次。那男子是她的情夫，把我当成了她丈夫雇用的摸底私人侦探之类——这是最具说服力的设想。而且那男子企图用钱收买我封我的口，或者以为我在跟踪前目睹了两人在一家旅馆幽会也未可知。这种可能性是充分存在的，二来也合乎逻辑。然而我还是无法打心眼里认同这个假设。其中有几点疑问：

他说想干就干得出的几种事究竟是哪种事呢？为什么他抓我手臂的方式那么奇特呢？为什么那女子明知我跟踪却不坐出租车呢？乘出租车当场就可把我甩掉。为什么那男子在没弄清我是何人的情况下就满不在乎地递出十万之多的日元呢？

怎么想都是难解之谜。有时我甚至怀疑那一事件统统是自己幻觉的产物，是自己头脑中捏造出来的，或者是做了一个活龙活现的长梦，而梦披上现实的外衣紧紧贴在我的脑际。然而实有其事。因为抽屉中实实在在有白色信封，信封里又装着十张万元钞。这无疑是一切乃已然发生之事的物证——实有其事。我不时把那信封放在桌面上盯视。完全实有其事。

7

　　三十岁那年我结了婚。暑假一个人外出旅行时遇上了她。她比我小五岁。在乡间小道上散步时突然下起急雨，跑去避雨的地方正好有她和她的女友。三个人都成了落汤鸡，心情也因此得以放松，于是在天南海北的闲聊中要好起来。如果天不下雨或当时我带伞（那是可能的，因为离开旅馆时我犹豫了半天，不知该不该带伞），那么就不会碰上她了。而若碰不上她，恐怕我现在都将在出版教科书的公司工作，晚上一个人背靠宿舍墙壁自言自语地喝酒。每次想到这里，我都认识到这样一点：其实我们只能在有限的可能性中生存。

　　我和有纪子（她的名字）可谓一见倾心。和她一起的那个女孩要漂亮得多，但吸引我的是有纪子，而且是不容分说的势不可挡的吸引。一种久违的吸引力。她也住在东京，旅行归来

74

后也见了几次，越见越喜欢她。相对说来，她长相一般，至少不属于走到哪都有男人上前搭话那一类型。但我从她的长相中明确感受到了"专门为我准备的东西"。我中意她的相貌，每次见面都注视好大一会儿，强烈地爱着其中流露出的什么。

"那么定定地看什么呢？"她问我。

"你长得漂亮嘛！"我说。

"说这样的话的，你是头一个。"

"只有我才明白啊，"我说，"我是明白的。"

起初她怎么也不相信，但不久便相信了。

每次见面，两人都找安静去处说很多话。对她我什么都能畅所欲言。和她在一起，我得以深深感受到十多年来自己连续失却的东西的分量。我几乎白白耗掉了那许多岁月。不过为时不晚，现在还来得及。我必须抓紧时间多少挽回一点。每次抱她，我都能感到令人怀念的心颤，而分别以后，便觉得十分无助和寂寥。孤独开始伤害我，沉默让我焦躁不安。连续交往三个月后，我向她求婚了，那天距我三十岁生日只差一个星期。

她父亲是一家中坚建筑公司的总经理。一个很有风趣的人物，几乎没受过正规教育，但工作方面十分能干，又有一套自己的哲学。有的问题其看法过于偏执，令我实难苟同，不过又不能不佩服其某种特有的洞察力——遇上此类人物我生来还是头一遭。虽说他乘坐配有驾驶员的梅赛德斯，但不怎么有盛气凌人的地方。我找上门，说要同其千金结婚。"双方都已不是小孩了，既然互相喜欢，结就结吧。"他只说了这么一句。在世人眼里，我不过是个不起眼的公司的一个不起眼的职员，但对于他这似乎无关紧要。

有纪子有一个哥哥、一个妹妹。哥哥准备继承父业，在公司里当副总经理。人诚然不坏，但同其父相比，总好像缺少分量。三姐弟中正在读大学的妹妹最为外向和新潮，习惯对人发号施令，以致我心想由她继承父业岂不更合适。

婚后过了大约半年，岳父把我叫去，问我打不打算辞掉现在的工作。原来他已从妻口中得知我不大中意教科书出版社的工作。

"辞掉是一点问题也没有，"我说，"问题是往下干什么。"

"不想在我的公司干？工作是辛苦点儿，工资可是不错的哟！"

"我的确不适合编教科书，不过建筑业恐怕更不适合。"我说，"受您邀请自然非常高兴，可是做自己不适合的工作，其结果是给您添麻烦的，我想。"

"那倒也是。不适合的事不能硬干。"岳父说。看样子他早已料到我会这样回答。当时两人正喝着酒。由于长子差不多滴酒不沾，所以他经常与我同饮。"对了，公司在青山有一栋楼。眼下正在建，下个月基本能竣工。位置不错，建筑物也不错。现在看起来是靠里一些，将来会有发展。愿意的话，不妨在那里做点买卖。因为是公司所有，房租和定金自然按行情收取。不过如果你真想干，钱多少都可以借给你。"

我就此想了一会儿。提议不坏。

这样，我在那座楼的地下开了一家放爵士乐的够档次的酒吧。学生时代我一直在那种酒吧里打工，大致上的经营诀窍还是心中有数的。例如拿出怎样的酒食、将客人定位在哪一层次啦，播放怎样的音乐啦，什么样的装修合适啦，基本图像都已装在脑子里。装修工程全部由妻的父亲承担。他领来一流设计师和一流专业装修人员，以就行情来说相当便宜的工钱叫他们做得相当考究。效果确实不俗。

酒吧很兴旺，兴旺得远远超出预想。两年后在青山另开了一家。这个规模大，带钢琴三重奏乐队。时间花了不少，资金投入很多，但店办得相当有生机，客人也来得频繁。这么着，我总算喘过一口气，总算抓住别人给的机会办成了一件事。这时候我有了第一个孩子，是女孩儿。开始阶段我也进吧台调制鸡尾酒，后来开到两家，便再没有那样的工夫了，转而专门负责经营管理：洽谈进货，确保人手，记账，注意凡事不出差错。我想出了种种方案，并及时付诸实施，食谱也由自己多方改进。以前我没有意识到——看来自己很适合干这个活计。我喜欢做什么东西从零开始，喜欢将做出来的东西花时间认真改良。那里是我的店，是我的天地。而在教科书公司审稿期间，我绝对不曾品尝到这种快乐。

白天处理好各样杂务，晚间就在两家店里转。在吧台品尝鸡尾酒，观察顾客反应，检查员工的工作情况，听音乐。虽然每月要偿还岳父借款，但收入仍相当可观。我们在青山买了三室一厅，买了宝马320。有了第二个小孩，也是女孩儿。我成了两个女儿的父亲。

三十六岁的时候，我在箱根拥有了一座小别墅。妻子为自己购物和小孩儿出行方便，买了一辆红色的切诺基吉普。两家店效益都相当不错，满可以用那些钱来开第三家，但我无意增加店数。店增加了，无论如何都不可能照看得那么细，光是管理恐怕都要把我搞得筋疲力尽。而且，我不愿意为工作牺牲自己更多的时间。就此同妻的父亲商量时，他劝我把剩余资金投入股市和不动产，那样不费事也不费时间。我说无论股市还是不动产自己都可谓一窍不通。"具体的交给我好了，你只要按我说的做就不会有错，这方面我有一整套操作方法的。"于是我按他说的投资，结果短时间内便获得了相当丰厚的回报。

　　"如何，明白了吧？"岳父说，"事物自有其操作方法。若是当什么公司职员，一百年也别想这么顺当。成功需要幸运，脑袋必须好使，理所当然。不过光这个不够，首先要有资金。没有充足的资金，什么都无从提起。但比这更要紧的是掌握操作方法。不懂操作方法，其他的就算一应俱全，也什么地方都到达不了。"

　　"是啊。"我说。我很清楚岳父的意思。他所说的操作方法，指的是迄今为止构筑的体系——把握有效的信息，编织人事关系网，投资，提高经济效益，便是这样一种复杂而牢靠的体系。由此获得的钱再巧妙地钻过五花八门的法律网和纳税网，或改换名目变更形式使其增值。他要告诉我的就是如此体系的存在。

的确，如果不碰上岳父，恐怕我现在仍在编教科书，仍住在西荻洼那个不怎么样的公寓里，仍开着那辆空调制冷差的二手丰田皇冠。我想我确实在现有的条件下干得有声有色，短时间内便使两家店走上正轨，雇用了三十多名员工，取得了远远超过正常标准的效益，连税务顾问都为之赞叹。店的声誉也不错。话虽这么说，这个程度头脑的人世上任凭多少都有。这点名堂，即使不是我而是其他人也都能鼓捣出来。离开岳父的资金及其操作方法，凭我自己恐怕一事无成。这么一想，心里不能不生出一丝不快，就好像自己一个人通过邪门歪道、使用不公平手段而占了便宜。毕竟我们是经历过六十年代后半期至七十年代前半期风起云涌的校园斗争的一代，情愿也罢不情愿也罢，我们都是从那一时代活过来的。极为笼统地说来，我们是对贪婪地吞噬了战后一度风行的理想主义的、更为发达、更为复杂、更为练达的资本主义逻辑唱反调的一代人。至少我是这样认识。那是处在社会转折点的灼灼发热之物。然而我现在置身的世界已经成了依据更为发达的资本主义逻辑而成立的世界。说一千道一万，其实我已经在不知不觉之中被这一世界连头带尾吞了进去。在手握宝马方向盘、耳听舒伯特《冬日之旅》、停在青山大街等信号灯的时间里，我蓦然浮起疑念：这不大像是我的人生，我好像是在某人准备好的场所按某人设计好的模式生活。我这个人究竟到何处为止是真正的自己，从哪里算起不是自己呢？握方向盘的我的手究竟多大程度上是真正的我的手呢？四周景物究竟多大程度上是真实的景物呢？越是如此想，我越是丈二和尚摸不着头脑。

但可以说我还是过着大体幸福的生活的，我想。能够称为不满的东西在我是没有的。我爱妻子。有纪子是个稳重的做事考虑周全的女性。生孩子后多少开始发胖，减肥和健身成了她心目中的重要事项。但我依然觉得她漂亮，喜欢和她在一起，喜欢同她睡。她身上有某种抚慰我安顿我的东西。无论如何我都不想重返二三十岁期间寂寞孤独的生活。这里是我的场所，在这里我能得到爱、得到保护，同时我也爱妻女保护妻女。对我来说，这是全新的体验，是始料未及的发现——原来自己是可以从这个角度干下去的。

我每天早上开车把大女儿送去幼儿园，用车内音响装置放儿歌两人一起唱，然后回家同小女儿玩一会儿，再去就近租的小办公室上班。夏日周末四人去箱根别墅过夜。我们看焰火，乘船游湖，在山路上散步。

妻子怀孕期间，我有过几次轻度的婚外性关系，但都适可而止，时间也都不长。每个人我只和她睡一两次，最多三次。坦率地说，甚至明确的偷情意识我都不具有。我所寻求是"同什么人睡觉"这一行为本身，作为另一方的女人们想必也是同样。为避免过分深入，我慎重地选择对象。那时我大概是想通过和她们睡觉而尝试什么，看自己能从她们身上发现什么，她们能从我身上发现什么。

第一个孩子出世后不久，我接到老家转来的一张明信片，内容是通知参加葬礼。上面写着一个女子的姓名，她死于三十六岁，但我不记得这个名字。邮戳是名古屋。名古屋我一个朋友也没有，想了半天，想起这女子原来是住在京都的泉的表姐。她的名字早已忘了，其父母家是名古屋。

不言而喻，寄来明信片的是泉。除了她没有人会向我寄这东西。泉何苦寄这样的通知呢？一开始我感到费解。但拿着明信片看了几次，我从中读出了她僵冷的感情。泉没有忘记我做的事，也没有原谅。她想让我知道这一点，于是寄来了这张明信片。想必泉现在不很幸福，直感这样告诉我。若很幸福，她不至于往我这里寄这种明信片，即使寄也会写一句附言什么的。

之后我想起泉的表姐，想她的房间和她的肉体，想两人大动干戈的场面。那一切曾经那般活生生地存在，如今却了无踪影，如随风吹散的烟。猜不出她是怎么死的，三十六不是一个人自然死亡的年龄。她的姓氏没有变——或未婚，或结过离了。

把泉的情况告诉我的是一个高中同学。他从《布鲁塔斯》杂志的"东京酒吧指南"特集上看到我的照片，得知我在青山经营酒吧。他走到吧台我坐的地方，说道"好久不见了，还好吧"。不过他并非专门来看我的，是和同事前来喝酒，正巧我在，于是过来打招呼。

"这里来了几次，以前。地点离公司近。不过完全不知道是你开的。世界也真是小。"他说。

在高中时，总的说来我是班上不大合群的角色，而他则学习好体育也行，是地地道道的年级委员那一类型。人也沉稳，不多嘴多舌，给人的感觉可以说很不错。他属于足球部，原本人高马大，现在又长了不少多余的脂肪，下巴成了双重，藏青色的西装背心显得有些吃紧。"都是应酬造成的，"他说，"贸易公司这地方真是干不下去。加班多，左一个接待右一个接待。动不动就调动。成绩糟的给踢屁股，成绩好的给上司层层加码，不是人干的差事。"他的公司在青山一丁目，下班路上可以走着来我酒吧。

我们聊了起来，都是时隔十八年才重逢的高中同学所聊的内容：工作怎么样啦，结婚后有几个小孩啦，在哪里见到谁啦等等。这时他提起了泉。

"当时有个女孩和你来往吧？常在一起的女孩子——是叫大原什么的吧？"

"大原泉。"我说。

"对对，"他说，"叫大原泉。最近见到她来着。"

"在东京？"我一惊。

"不不，不是东京，在丰桥。"

"丰桥？"我更为吃惊，"丰桥？爱知县那个丰桥？"

"是的，是那个丰桥。"

"莫名其妙，怎么在什么丰桥见到泉的呢？泉为什么在那样的地方？"

他似乎从我的声调中听出了某种硬邦邦不自然的东西。"为什么不晓得，反正是在丰桥见到了她。"他说，"啊，也没什么特别值得说的，就连到底是不是她都没搞清。"

他又要了一杯加冰威士忌 wild turkey①。我喝着伏特加占列酒。

"不值得说也没关系，只管说。"

"或者不如说不光是这个。"他以不无困窘的声音说，"之所以说不值得说，是因为时不时觉得事情好像不是实际发生的，感觉非常奇妙，简直就像做了一个活龙活现的梦。本来

_____

① wild turkey：英语〝野味火鸡〞之意。

实有其事，却不知什么缘故，竟觉得不是真的——说不好怎么回事。"

"是实有其事吧？"我问。

"是实有其事。"

"讲来听听。"

他很无奈地点了下头，喝一口端来的威士忌。

"我去丰桥，是因为妹妹住在那里。去名古屋出差，加上星期五事就办完了，决定在丰桥妹妹家住一晚上。这么着，在那里见到了她。我一上妹妹公寓的电梯，她就在电梯里。一开始我心想世上真有相像的人，没想到真就是大原泉，哪里会想到在丰桥妹妹公寓的电梯里见到她呢，何况脸都变了许多。连我自己都不明白为什么会一眼看出是她，一定是直觉的作用。"

"是泉不错吧？"

他点点头。"碰巧她和我妹妹住一个楼层。我们在同一层下电梯，往同一方向走。她走进和我妹妹房间隔两个门的前面的房间。我心里犯嘀咕，就过去看了名牌，上面写着大原泉。"

"对方没注意到你？"

他摇头道："我和那孩子同班倒是同班，但没有近近乎乎说过话。况且同那时相比，我重了二十公斤，不可能认出我。"

"不过真是大原泉不成？大原这个姓不是怎么罕见的姓，长得相像的人也不在少数。"

"问题就在这里。这点我也想到了，就问了妹妹，问大原那人是怎样一个人。于是妹妹把公寓住户名册拿给我看。喏，就是常有的那种，用来收取重新粉刷墙壁的公积金啦什么的。住户名字全都写在上面，分明写着大原泉，'泉'是用片假名写的。姓用汉字写大原、名用假名写泉的不是很多的嘛。"

"那么说，她还独身？"

"这个妹妹也不知道。"他说，"在那座公寓里，大原泉是个谜一样的人物，跟谁都不说话，走廊上碰见时打招呼也不应声，有事按门铃也不出来，在家也不出来。在左邻右舍中间不像很有人缘。"

"噢，那肯定看错人了。"我笑着摇头，"泉不是那种人。见了人，即使没必要，她都笑眯眯打招呼的。"

"OK，大概是看错人了。"他说，"名同人不同。反正别说这个了，没什么意思。"

"那个大原泉可是一个人住在那里？"

"想必是。没人看到有男人出入，连靠什么维持生计都无人知晓。全是谜。"

"那，你怎么看？"

"怎么看？看什么？"

"看她嘛，那个名同人不同什么的大原泉嘛。在电梯上瞧见她时你怎么想的？就是说，样子像是有精神，还是不大有精神——看这个嘛。"

他想了想说："不坏啊。"

"不坏？怎么个不坏法？"

他咣唧咣唧地摇晃威士忌杯。"当然相应地也上了年纪。也难怪，三十六了嘛。我也好你也好，全都三十六了。新陈代谢也迟钝了，肌肉开始衰老。不可能老是高中生。"

"那自然。"我说。

"别再说这个了，反正人对不上号。"

我叹口气，手放在吧台上看着他。"跟你说，我是很想知道，也必须知道。实话跟你说，高中快毕业时我和泉分手分得很惨。我干了一桩糊涂事，伤害了泉，那以后就没办法知道她的情况了。不知她现在何处，不知她做什么。这件事一直堵在我胸口，所以希望你如实告诉我，什么都可以，好的也罢坏的也罢。你已知道她就是大原泉的吧？"

他点点头，"那么我就直说好了：没错儿，是那孩子。当然，这么说有点对你不起。"

"那，她到底怎么样了？"

他沉默有顷。"跟你说，有一点希望你能理解——我也是同班，也觉得那孩子可爱来着。性格好，讨人喜欢，长得倒不特别漂亮，但怎么说呢，有魅力，有让人心动的地方，是吧？"

我点点头。

"真的实话实说可以么？"

"请请。"我说。

"也许你听了不太好受。"

"没关系，就是想了解实情。"

他又喝了一口威士忌。"看见你和她总在一起，我很羡慕。我也想有那样的女朋友的嘛——啊，到现在才能直言相告。正因如此，我才清楚地记得她的模样，已经真真切切烙在脑袋里了。所以十八年后在电梯中相遇才能一下子记起，尽管是不期而遇。也就是说，我的意思是自己没有讲那孩子坏话的任何理由。对我都是个不大不小的震动，我也不愿意接受这件事。但我至少可以这样说：那孩子不再可爱了。"

我咬住嘴唇："怎么不可爱呢？"

"公寓里好多孩子都害怕她。"

"害怕？"我摸不着头脑，定定地看他的脸，心想这小子是用词失当。"怎么回事？害怕是怎么回事？"

"算了，真的别再说这个了。本来就不该提起的。"

"她对孩子们说什么了？"

"她对谁都不开口——刚才也说了。"

"那么，孩子们是害怕她的脸了？"

"是的。"

"有伤疤什么的？"

"没有。"

"那怕什么？"

他喝口威士忌，将杯子悄然放回台面，然后往我脸上盯视片刻。看样子他既有点困窘，又像犹豫不决，但除了这些，他脸上还浮现出别的什么特殊表情，从中我可以倏然认出高中时代的他的面影。他扬起脸，静静地往远处看去，仿佛要看清河水流往何处。良久，他说道："这个我说不好，也不想说。所以别再问我了。你亲眼看一看也会明白的，对于没亲眼看过的人是没有办法说明的。"

我再没说什么，只是点了下头，啜了口伏特加占列酒。他口气虽然平静，但含有断然拒绝继续追问的味道。

之后他讲了自己被公司派驻巴西工作两年的事。"你能相信？在圣保罗见到初中同学来着。那小子是丰田的工程师，在圣保罗工作。"

但我当然几乎没听进他讲的那些事。临回去时，他拍拍我的肩膀："跟你说，岁月这东西是要把人变成各种样子的。那时候你和她之间发生了什么我是不知道，不过就算发生了什么，那也不是你的责任。程度固然不同，但谁都有过那样的经历，我也不例外，不骗你。我也有类似的记忆，可那是奈何不得的，那个。一个人的人生归根结蒂只能是那个人的人生。你不可能代替谁负起责任。这里好比沙漠，我们大家只能适应沙漠。对了，念小学的时候看过沃尔特·迪斯尼《沙漠奇观》那部电影吧？"

"看过。"我说。

"一码事，这个世界和那个是一码事。下雨花开，不下枯死。虫被蜥蜴吃，蜥蜴被鸟吃，但都要死去。死后变成干巴巴的空壳。这一代死了，下一代取而代之，铁的定律。活法林林总总，死法种种样样，都没什么大不了的。剩下来的唯独沙漠，真正活着的只有沙漠。"

他回去后，我一个人在吧台喝酒。门关了，客人没了，员工收拾好打扫好回去了，我仍留下不动。我不想就这么立刻回家。我给妻打电话，说今天店里有事迟点儿回去，然后熄掉店内照明，在一片漆黑中喝威士忌。懒得拿冰块，干喝。

陆陆续续都要消失的啊，我想。有的像被斩断一样倏忽不见，有的花些时间渐次淡出。剩下来的惟独沙漠。

黎明前出门离开时，青山大街正下着细雨。我已疲惫不堪。雨悄无声息地淋湿了墓石般岑寂的楼群。我把车留在酒吧停车场，徒步往家走去。途中在护栏上坐了一会儿，眼望在信号灯上啼叫的一只肥硕的乌鸦。凌晨四时的城区看起来甚是寒伧污秽，腐败与崩毁的阴翳触目皆是，我本身也包括于其中，恰如印在墙壁上的黑影。

8

　　由于《布鲁塔斯》刊出我的姓名和照片，其后十来天时间有几个往日熟人来酒吧找我，都是初中高中同学。以前我进书店目睹放在那里的一大堆杂志，每每觉得不可思议，心想到底有谁会一一看这玩意儿呢。及至自己上了杂志才明白过来，原来人们看杂志看得很来劲，远远出乎我的想象。意识到这点再环视四周，美容院、银行、咖啡厅、电车中，所有场所的人们都在走火入魔般地翻阅杂志。也许人们害怕空耗时间，故而姑且拿起身边的东西阅读，无论它是什么。

　　同往日熟人相见，结果上很难说有多开心。倒不是讨厌同他们见面交谈。我当然也是怀念老同学的，他们也为能见到我感到高兴，但他们谈的话题，对现在的我来说终归都已无关紧要。什么家乡那座城市怎么样啦，别的同学如今走怎样的道路啦，对这些我压根儿上不来兴致。我离开自己曾经生活的场所的时间毕竟太久了，而且他们的话总让我情不自禁地想起泉。每次他们讲起家乡往事，自己脑海中都浮现出泉一个人在丰桥小公寓里凄凄清清地生活的情景。她已不再可爱，他说。孩子们都害怕她，他说。这两句台词总是在我脑里回响不已。况且泉至今也没有宽宥我。

杂志出版后的一段时间里，我认认真真地后悔自己那么轻易地接受此类采访，虽说是为酒吧做宣传。我不希望泉看到这篇报道。倘她得知我完好无损地活得这般一帆风顺，心里到底会怎么想呢？

好在一个月过后，就再也没有人专门前来找我了。这也是杂志可取的地方：忽地声名鹊起，忽地被人忘光。我一块石头落了地。至少泉没来说什么。她一定不看什么《布鲁塔斯》。

不料过了一个半月，就在我差不多快忘掉杂志的时候，最后一个熟人来到我这里，是岛本。

十一月初星期一的夜晚，她在我经营的爵士乐俱乐部（店名叫"罗宾斯·内斯特",取自我喜欢的一首古典乐曲名）的吧台前，一个人静悄悄地喝代基里。我和她坐在同一吧台前，相隔三个座位，但根本没觉察出是岛本，心里还赞叹好一位漂亮的女客人。此前一次也没见过，见过一次肯定牢牢记得——便是这么容貌出众的女子。估计不一会儿相约的人就会到的。当然不是说女单客就不来，她们当中有的人已预料到会有男客上前搭讪，有时候还期盼这样，这点一看样子就大致了然。不过，从经验上说，真正漂亮的女子是绝对不一个人来喝酒的。因为男人搭讪对她们来说并非什么开心事，只是一种麻烦罢了。

所以，当时我对这女子几乎没有注意。起初扫一眼，后来有合适机会又看了几眼，如此而已。妆化得很淡，衣着看上去十分昂贵而得体。蓝色丝绸连衣裙外面罩了一件浅褐色开司米对襟毛衣，轻柔得同薄薄的元葱皮无异。台面上放着同连衣裙颜色十分谐调的手袋。年龄看不出究竟，只能说恰到好处。

她诚然漂亮得令人屏息，却又不像是演员或模特。店里常有这类人出现，但她们总有一种意识，知道自己被人注视，身上隐隐漾出自命不凡的氛围。但这个女子不同。她极其自然地放松下来，让自己同四周空气完全融为一体。臂肘拄在台面上，手托脸腮倾听钢琴三重奏，一小口一小口啜着鸡尾酒，俨然在品味华美的文章，不时朝我这边投出视线。我的身体已几次真切地感觉出她的视线，但没以为她真的看我。

我一如往常地穿着西装打着领带。阿玛尼领带和索巴拉尼·温莫西装，衬衫也是阿玛尼。鞋是罗塞蒂。对服装我不很讲究，基本想法是在服装上花费过多未免傻气。日常生活中，一条蓝牛仔裤一件毛衣足矣。不过我有我自己的一点点哲学：作为店的经营者，自身的打扮应该同自己所希望的客人来店时的打扮尽量一致，这样可以使客人和员工都产生相应的紧张感。因此，去店时我有意识穿上高档西装，而且必系领带。

我在这里一边品味鸡尾酒，一边注意客人，听钢琴三重奏。一开始店里相当挤，九点过后下起大雨，客流立时停止了。十点，有客人的桌面已屈指可数，但那位女客人仍在那里，一个人默默喝着代基里。我渐渐对她感到纳闷，看样子她不像是在等谁，眼睛既不觑表，又不往门口那边打量。

一会儿，发现她拿起手袋从高脚椅上下来。时针即将指向十一点，是时候了，若乘地铁回去，差不多该动身了。但她并非要回去。她不经意地慢慢走来这边，坐在我旁边的高脚椅上。香水味微微飘来。在高脚椅上坐稳后，她从手袋里取出一盒"沙龙"，衔上一支。我用眼角有意无意地捕捉她这些动作。

"店不错啊。"她对我说。

我从正在看的书上抬起脸看她，脑子仍转不过弯。但这时我觉得有什么击了我一下，胸腔的空气仿佛突然变得沉甸甸的。我想到吸引力一词。这就是那吸引力不成？

"谢谢。"我说。大概她知道我是这里的经营者。"你能中意，我很高兴。"

"呃，非常中意。"她盯住我的脸，微微一笑。笑得非常完美，双唇倏然绽开，眼角聚起别具魅力的细细的鱼尾纹。那微笑使我想起了什么。

"演奏也无可挑剔。"她指着钢琴三重奏乐队说，"不过可有火？"

我没带火柴和打火机，便叫来调酒师，让他拿来店里的火柴，为她点燃嘴上衔着的香烟。

"谢谢。"她说。

我从正面看她的脸，这才看出：原来是岛本。"岛本！"我以干涩的声音说。

"好半天才想起来的么。"停了一会，她不无好笑似的说，"有点过分了吧？还以为你永远想不起来了呢。"

我就像面对只在传闻中听说过的极其珍贵的精密仪器一样，一声不响地久久凝视她的脸。坐在自己眼前的的确是岛本。但我无法将事实作为事实来接受，毕竟这以前我持续考虑岛本的时间实在太长了，并且以为再也见不到她了。

"好漂亮的西服啊，"她说，"你穿起来真是合适。"

我默默点头，一时欲言无语。

"嗳，初君，你比过去潇洒了不少，身体也结实了。"

"游泳来着。"我好歹发出声来，"上初中以后一直游泳。"

"会游泳真不错啊。以前就总是这样想：会游泳该有多好啊！"

"是啊。不过，学一学谁都会游的。"我说。但说罢的一瞬间，我想起她的腿。瞧我说的什么呀！我一阵惶惑，想再来一句地道些的话，却未顺利出口。我把手插进裤袋找烟，旋即想起五年前自己就已戒烟了。

岛本不声不响地静静注视着我这些动作。然后她扬手叫调酒师，再来一杯代基里。她求别人做什么时，总是明显地报以微笑。好一张楚楚动人的笑脸，笑得真想让人把那里的一切都装进盘里带走。若是别的女子效仿，很可能让人觉得不快，但她一微笑，仿佛全世界都在微笑。

"你现在还穿蓝色衣服。"我说。

"是的。过去就一直喜欢蓝的。你记得还挺清楚。"

"你的事差不多都还记得。从铅笔的削法到往红茶里放几颗方糖。"

"放几颗？"

"两颗。"

她略微眯起眼睛看我。

"嗳，初君，"岛本说，"为什么那时候你跟踪我？八年前的事了，大致。"

我喟叹一声："看不清楚是你还是不是你。走路方式一模一样，但又好像不是你，我没有把握，所以才跟在后面。也不算是跟踪，准备找机会打招呼来着。"

"那为什么不打招呼？为什么不直接确认？那样岂不简单？"

"至于为什么，我自己也不明白。"我直言相告，"反正当时怎么也做不到，声音本身都出不来。"

她略略咬起嘴唇。"那时候，我没觉察出是你。被人紧盯不放，脑袋里除了害怕没别的念头，真的，真的好怕。不过钻进出租车坐了一会儿，好歹喘过气后，突然醒悟过来：说不定是初君！"

"喂，岛本，"我说，"那时我还保存了一件东西。那人和你是什么关系倒不知道，不过我那时……"

她竖起食指贴在唇前，轻轻摇了下头，样子像是说那事就别提了，求求你，别问第二次。

"你结婚了吧？"岛本转换话题似的说。

"小孩都两个了。"我说，"两个都是女孩儿，都还小。"

"蛮好嘛。我想你肯定适合有女孩儿。你要问为什么，我说不好，反正就是有那样的感觉，觉得你适合有女孩儿。"

"是吗？"

"一种感觉。"说着，岛本微微一笑，"总之让自己的小孩不再是独生子了，对吧？"

"倒也没刻意追求，自然结果而已。"

"怎样一种心情呢，有两个女儿？"

"总好像怪怪的。大的上幼儿园了，那里的小孩儿一多半是独生子，和我们小时候大不一样。城市里只一个孩儿反倒是理所当然的了。"

"我们肯定出生得过早了。"

"可能。"我笑了，"看来世界是朝我们靠近了。不过看家里两个小孩儿总是一起玩耍，不知为什么，很有些不可思议。心里感叹原来还有这种成长方式！因为我从小就老是一个人玩，便以为小孩这东西都是一个人玩的。"

钢琴三重奏乐队演奏完《基督山》，客人啪啦啪啦拍手。平时也是这样，临近半夜，演奏也渐渐无拘无束，变得温情脉脉。钢琴手在曲与曲的间歇时间拿起红葡萄酒杯，低音提琴手点燃香烟。

岛本呷了口鸡尾酒。"噯，初君，说老实话，为来这里我犹豫了好久，差不多犹豫苦恼了一个月。我是在什么地方啪啦啪啦翻杂志时知道你在这里开店的。最初还以为弄错了呢。毕

102

竟怎么看你都不像经营酒吧那一类型嘛。可是名字是你，照片上的模样是你。的确是令人怀念的初君啊！离得又近。光是在照片上和你重逢都让我高兴得什么似的，但我不知道该不该见现实中的你，觉得恐怕还是不见对双方有好处。晓得你干得这么有声有色，已经足够了。"

我默默地听着她的话。

"可是，好容易知道了你在哪里，还是想来一趟，哪怕瞧你一眼也好。这么着，我便坐在那把椅子上看你，你就坐在旁边。心想如果你一直看不出我来，我就一声不响地直接回去。但无论如何也忍耐不住，不能不打招呼——往事如烟啊。"

"为什么呢？"我问，"为什么觉得还是不见我为好呢？"

她用手指摩挲着鸡尾酒杯的圆口，想了一会儿。"因为如果见到我，你难免想这个那个地了解我，比如结婚没有，住在哪里，这以前做什么了等等。是吧？"

"噢，交谈的自然趋势嘛。"

"当然我也认为是交谈的自然趋势。"

"可你不大想谈这些吧？"

她为难似的笑笑，点了下头。看来岛本谙熟许多种微笑。

"是啊，我不大想谈那些，原因你别问，反正我不想谈自己的事。不过这的确是不自然的，奇怪的，好像故意隐藏什么秘密，又好像故弄玄虚。所以我想恐怕还是不见你为好。我不想被你看成故弄玄虚的女人。这是我不想来的一个原因。"

"其他原因呢？"

"因为不想失望。"

我看她手中的酒杯，继而看她笔直的齐肩秀发，看她形状娇美的薄唇，看她无限深邃的黑漆漆的瞳仁。眼睑上有一条透出深思熟虑韵味的细线，仿佛极远处的水平线。

"非常喜欢过去的你，所以不想见了现在的你以后产生失望。"

"我让你失望了？"

她轻轻摇头："一直从那里看你。一开始好像是别人，毕竟人大了好多好多，又穿了西装。但细看之下，还是过去的初君，一点儿不差。嗳，知道么？你的举止和十二岁时候的相比，几乎没什么两样。"

"不知道的。"说着，我想笑笑，但没能笑成。

"手的动作，眼珠的转动，用指尖嗑嗑敲什么的习惯，让人难以接近的锁起的眉头——全都和过去一模一样。阿玛尼倒是穿了，可里边的内容没什么变化。"

"不是阿玛尼。"我说，"衬衣和领带是阿玛尼，西装不同的。"

岛本嫣然一笑。

"跟你说岛本，"我继续道，"我一直想见你，想和你说话，想和你说的话多得不得了。"

"我也想见你来着，"她说，"可是你不来了。你该明白的吧？上初中你搬去别处以后，我一直等你来，可你怎么也不来。我寂寞得不行，心想你肯定在新地方交了新朋友，把我忘得一干二净了。"

岛本把烟在烟灰缸里碾灭。她的指甲涂了透明指甲油，宛如精巧的工艺品，光溜溜的，别无赘物。

"我怕。"我说。

"怕？"岛本问，"到底怕什么？怕我？"

"不，不是怕你。我怕的是被拒绝。我还是孩子，想象不到你会等我。我真的怕被你拒绝，怕去你家玩给你添麻烦，非常怕，所以渐渐不去了。我觉得，与其在你家闹出什么不快，还不如只保留同你亲亲密密在一起时的回忆好些。"

她稍微歪了下头，转动手心里的腰果。"真是不顺当啊！"

"是不顺当。"我说。

"我们本该成为交往时间更长的朋友。说实话，我上初中上高中上大学都没交到朋友，一个也没有。在哪儿都是一个人。所以我总是心想，若你在身边该有多好啊！哪怕不在身边，光是通信也行。那样一来，很多事情就不大一样，很多事情就容易忍耐得多。"岛本沉默片刻。"也不知为什么，从上初中开始，我在学校里就怎么也干不顺当了。因为不顺当，就更加自我封闭起来。恶性循环啊。"

我点点头。

"小学期间我想还算顺当的，上了初中后简直昏天黑地，就像一直在井底生活。"

这也是我从上大学到和有纪子结婚十来年时间里一贯的感受。一旦情况别扭起来，这个别扭必然导致另一个别扭，如此越变越糟，怎么挣扎也无法从中脱身，直到有人赶来搭救。

"首先是我腿不好。普通人能做的事我不能做。其次我光知道看书，不想对别人敞开心扉，无论如何。还有——怎么说呢——外表显眼。所以大部分人认为我是个精神扭曲的傲慢女子。或者果真那样也有可能。"

"不错，你或许是漂亮过头了。"

她抽出一支香烟衔在嘴里。我擦火柴点燃。

"真认为我漂亮？"岛本说。

"认为。肯定经常有人这么说，我想。"

岛本笑了："不是的。说真的，我并不怎么中意自己的长相。所以，给你这么说我非常高兴。"她说，"总之一般说来，我不被女孩子喜欢，遗憾是遗憾。我不知想了多少次：即使别人不夸漂亮也无所谓，只想当一个普通女孩，交普通朋友。"

岛本伸出手，轻轻碰了一下我放在台面上的手，"不过这下好了，你活得这么幸福。"

我默然。

"幸福吧？"

"幸福不幸福，自己也不大清楚。不过至少不觉得不幸，也不孤独。"停顿片刻，我又加上一句："有时候会因为什么突然这样想来着：在你家客厅两人听音乐的时候大约是我一生中最幸福的时光。"

"呃,那些唱片现在也都还保留着。纳特·金·科尔、平·克劳斯比、罗西尼、《培尔·金特》,还有好多其他的,一张不少。爸爸死时得到的纪念品。因为听得十分仔细,现在也一道刮痕都没有。我是多么精心爱护唱片,你还记得吧?"

"父亲去世了?"

"五年前患直肠癌死的,死得痛苦不堪。原本是那么精神的人。"

我见过几次岛本的父亲,壮实得像她家院里的橡树。

"你母亲还好?"

"嗯,我想还好。"

我觉出她语气中似乎含有什么。"和母亲处得不融洽?"

岛本喝干代基里,把杯子放在台面上招呼调酒师,接着问我:"嗳,没什么拿手鸡尾酒?"

"独创的鸡尾酒有几种。有一种名称和店名一样——'罗宾斯·内斯特'。这个评价最好。是我琢磨出来的,底酒是朗姆和伏特加,口感虽好,但相当容易上头。"

"哄女孩子怕是正好。"

"跟你说，岛本，你好像不大晓得，鸡尾酒这种饮料大体上还真是干这个用的。"

她笑道："那就来它好了。"

鸡尾酒上来后，她注视了一会儿色调，然后轻轻啜一小口，闭目让酒味沁入全身。"味道十分微妙。"她说，"不甜，也不辣，简单清淡，却又有类似纵深感的东西。不知道你还有这份机灵。"

"我做不出酒柜，汽车上的油过滤器也换不了，邮票都贴不正，电话号也时常按错。不过有创意的鸡尾酒倒配出了几种，评价也不错。"

她将鸡尾酒杯放在杯托上，往里定定地看了好一会儿。每次她举起酒杯，吸顶灯的光影都微微摇颤。

"母亲好久没见到了。十年前发生了很多麻烦事，那以来几乎再没见面。父亲葬礼上见面倒算是见面了。"

钢琴三重奏乐队演奏完原创布鲁斯哀歌，钢琴开始弹《STAR CROSSED LOVERS》①的序曲。我在店里时钢琴手

---

① 意为"灾星下出生的（不幸的）恋人们"。

经常弹这支情歌，知道我喜欢听。在埃林顿创作的乐曲里边它不很有名，也引不出我个人的回忆，但偶然听过一次之后，长期以来一直让我难以割舍。无论学生时代还是在教科书出版社工作期间，每到晚间我就听收在埃林顿公爵密纹唱片《可爱的雷声》中的《STAR CROSSED LOVERS》，翻来覆去地听，没完没了地听。其中，约翰尼·霍吉斯有一段委婉而优雅的独奏，每当听到那不无倦慵的优美旋律，往事便浮上脑际：算不上多么幸福的时代，又有很多欲望得不到满足，更年轻、更饥渴、更孤独，但我确实单纯，就像一清见底的池水。当时听的音乐的每一音节、看的书的每一行都好像深深沁入肺腑，神经如楔子一样尖锐，眼里的光尖刻得足以刺穿对方。就是那么一个年代。一听到《STAR CROSSED LOVERS》，我就想起当时的日日夜夜，想起自己映在镜子里的眼神。

"说实话，初三时我去找过你。太寂寞了，寂寞得一个人受不了。"我说，"打过电话，没通。所以坐电车去了你家。不料名牌已是别人的了。"

"你搬走两年后，我们因父亲工作的关系搬去了藤泽，在江之岛附近。在那里一直住到我上大学。搬家时给你寄了明信片，通知了新住处。没接到？"

我摇摇头。"接到我当然要回信的。怪事，肯定哪里出了差错。"

"也可能仅仅是我们运气不好啊。"岛本说，"总是出错，总是失之交臂。不过这个算了。谈谈你，让我听听这以前你怎么度过的。"

"没什么有意思的。"我说。

"没意思也行，讲来听听。"

我把迄今自己走过的人生道路粗线条地向她讲了一遍。高中时代交了一个女朋友，但最后深深伤害了她——详情我没一一道出，只是解释说发生了一件事，而那件事既伤害了她，同时也伤害了我自身；去东京上大学，毕业后进入一家教科书出版社；二十至三十岁期间一直是在孤独中度过的；没有称得上朋友的朋友；结交了几个女性，但自己全然没得到幸福；高中毕业到快三十岁时遇到有纪子结婚之前，没有真正喜欢过任何人，一次也没有；那时自己常想岛本，心想若能同岛本见面交谈——哪怕一个小时也好——该是何等美妙。我这么一说，她微微一笑。

"常想我来着?"

"是的。"

"我也常想你来着,"岛本说,"常想,难过时就想。对我来说,你是我有生以来惟一的朋友,我觉得。"说罢,她一只胳膊拄在台面上,手托下巴,放松身体似的闭起眼睛。她手指上一个戒指也没戴,眼睫毛时而微微颤动。稍顷,她缓缓睁开眼睛,觑了眼手表。我也看自己的表。时间已近十二点。

她拿起手袋,以不大的动作从高脚椅上下来。"晚安。能见到你真好。"

我把她送到门口。"给你叫辆出租车好么?下雨了,路上很难拦到。"我问。

岛本摇摇头:"不怕,不劳你费心。这点事自己做得来。"

"真的没失望?"我问。

"对你?"

"嗯。"

"没有,别担心。"岛本笑道,"放心好了。不过,西装真的不是阿玛尼?"

随后,我注意到岛本不像过去那样拖腿了。移步不很快,仔细观察带有技巧性，但走路方式几乎看不出不自然。

"四年前做手术矫正了。"岛本辩解似的说。"不能说已经彻底矫正过来，但没以前严重了。很厉害的手术，好在还算顺利。削掉很多骨头，又接足了什么。"

"不过也好，看不出腿有毛病了。"我说。

"是啊。"她说，"恐怕还是矫正了好。可能有些迟了。"

我在衣帽间接过她的大衣，给她穿上。站在一起一看，她没那么高了。想到十二岁时她差不多和我一般高，觉得有点不可思议。

"岛本，还能见到你？"

"大概能吧。"说着，她嘴唇上漾出淡淡的笑意，犹如无风的日子里静静升起的一小缕烟。"大概。"

她开门离去。大约过了五分钟，我爬上楼梯，到外面看她顺利拦到出租车没有。外面雨仍在下，岛本已不在那里了。路上渺无人影，惟独汽车前灯的光模模糊糊地沁入湿漉漉的路面。

或者我看到的是幻景亦未可知。我在那里伫立不动，久久打量降在路面的雨，恍若重新回到了十二岁的少年。小的时候，雨天里我经常一动不动地盯着雨看，而一旦怔怔地盯着雨看，就会觉得自己的身体一点点分解开来，从现实世界中滑落下去。大概雨中有一种类似催眠术的特殊魔力，至少当时我是那么感觉的。

然而这不是幻景。折身回店，岛本坐的位置上还剩有酒杯和烟灰缸。烟灰缸里几支沾着口红的烟头仍保持着被轻轻碾灭时的形状。我在其旁边坐下，闭起眼睛。音乐声渐次远离，剩下我孑身一人。柔软的夜幕中，雨仍在无声无息地下着。

9

　　此后很长时间岛本都没出现。每晚我都在"罗宾斯·内斯特"吧台前坐上几个小时，一面看书，一面不时往门口扫一眼。但她没来。我开始担心，担心自己是否对岛本说了什么不合适的话，是否说了多余的话伤害了岛本。我一句句回想那天夜里自己说出口的话，又回想她道出的话，但没有找出能和自己的担心对上号的语句。说不定岛本见到我真的失望了。这是完全可能的。她那么妩媚动人，腿也没了毛病。想必她未能从我身上觅出任何可贵的东西。

　　岁末临近，圣诞节过去，新年来到。转眼间一月份就没了。我年满三十七岁了。我已放弃希望，不再等她了，"罗宾斯·内斯特"那边只偶尔露一下面，因为一去那里就会情不自禁地想起她，就会在顾客席上搜寻她的姿影。我坐在这边酒吧的吧台前，打开书页，沉浸在漫无边际的思绪中。我觉得自己已很难对什么全神贯注了。

她说我是她惟一的朋友，有生以来仅此一个的朋友。我听了十分欣喜。我们可以重新成为朋友。我有很多话要对她说，想就此听听她的意见，即便她全然不想谈她自己也无所谓。只要能见到岛本同她说话，我就高兴。

然而岛本再也没有出现。或者她忙得没时间来见我也有可能，但三个月的空白也实在太长了，就算真的来不成，打个电话总该是可以的。说到底，她是把我忘在一边了，我想。我这个人对于她并非那么可贵的存在。想到这里，我一阵难受，就好像心里开了一个小洞。她不该把那样的话说出口，某种话语是应当永远留在心里的。

不料，二月初她来了，仍是一个下雨的夜晚。静悄悄冷冰冰的雨。那天夜晚我正好有事，很早就到了"罗宾斯·内斯特"。客人带来的伞散发出冷雨的气息。这天钢琴三重奏临时加进高音萨克斯管吹奏了几首。萨克斯手颇有名气，客人席位沸腾起来。我一如往常坐在吧台角落看书，这当儿岛本悄然进来，在我邻座坐下。

“晚上好。”她说。

我放下书看她，一时很难相信她真在这里。

“以为你再不来了呢。”

“抱歉。”岛本说，“生气了？”

“没生什么气，哪里会因为这个生气。我说岛本，这里是店，客人都是想来时来，想回去时回去。我只是等人来罢了。”

“反正向你道歉。说是说不好，总之我没能来成。”

“忙？”

“忙什么忙？”她平静地说，“不是忙。只是没能来成。”

她头发被雨淋湿了，几缕湿发贴在额上。我让男侍拿来新毛巾。

“谢谢。”她接过毛巾，擦干头发，然后取出香烟，用自己的打火机点燃。也许被雨淋湿发冷的关系，手指有点儿颤抖。“细雨，加上准备搭出租车，出门时只带了雨衣。可是走起来好像走了很久。”

“不喝点热的？”我问。

岛本窥视似的看着我的脸，嫣然一笑。“谢谢。不过不要紧了。"

看见她的微笑，三个月的空白一瞬间不翼而飞了。

"看什么呢？"她指着我的书问。

我把书递给她。这是一本历史方面的书，写的是越战之后中国和越南的战争。她啪啦啪啦翻几页还给我。

"小说不再看了？"

"小说也看。但没过去看得那么多，新小说几乎一无所知。看的只限于过去的，差不多都是十九世纪的小说，而且大部分是重看。"

"为什么不看新小说？"

"怕是不愿意失望吧。看无聊的书，觉得像是白白浪费时间，又失望得很。过去不然。时间多的是，看无聊的书也总觉得有所收获。就那样。如今不一样，认为纯属浪费时间。也许是上年纪的关系。"

"也是啊，上年纪倒是不假。"说着，她不无调皮地一笑。

"你还常看书？"

"嗯，常看。新的也好旧的也好，小说也好非小说也好，无聊的也好有聊的也好。和你相反，肯定是我喜欢靠看书消磨时间。"

她向调酒师要了"罗宾斯·内斯特"，我也要同样的。她啜一口端来的鸡尾酒，轻轻点下头放回台面。

"嗳，初君，为什么这里所有的鸡尾酒都比别处的好喝呢？"

"因为付出了相应的努力，不努力不可能如愿以偿。"

"比如什么努力？"

"比如他，"我指着以一本正经的神情用破冰锥鼓捣冰块的年轻漂亮的调酒师，"我给那孩子很高很高的工资，高得大家都有点吃惊，当然我是瞒着其他员工的。为什么只给他那么高的工资呢？因为他具有调制美味鸡尾酒的才能。世人好像不大晓得——没有才能是调不出美味鸡尾酒的。当然，只要努力，任何人都能达到相当程度。作为见习生接受几个月训练，都会调出足可以端到客人面前的东西。一般酒吧里的鸡尾酒就是这个程度的，这当然也行得通，可是再往前一步，就需要特殊才能了。这和弹钢琴、画画、跑百米是同一回事。我本身也调得出相当不错的鸡尾酒，下工夫琢磨、练习来着，但横竖比

不上他。即使放同样的酒花同样的时间同样摇晃配酒器，出来
的味道也不一样。什么道理不晓得，只能说是才能，同艺术一
个样。那里有一条线，有人能越过有人不能越过。所以，一旦
发现有才能的人，就要好好爱惜抓住不放，付给高工资。这男
孩是个同性恋者，因此这方面的人有时拥来吧台，但他们都很
文静，我不怎么介意。我中意这个男孩，他也信赖我，干得很
卖力气。"

"看不出你这人还有经营才能，是有吧？"

"经营才能我倒谈不上。"我说，"我不是实业家，仅有两
家小店。没有增加店数的打算，没有再多赚钱的念头。这不能
称作才能或手腕。只是，一有工夫我就想象，想象自己是个客
人——若自己是客人，那么会跟谁去什么样的店，喝什么样吃
什么样的东西；假如自己是二三十岁的独身男子，领着自己喜
欢的女孩，会去什么样的店。还一个一个想象如此情形的细
节，例如预算多少啦，住在哪里、几点之前要回去啦。设想好
几种具体情况。如此设想叠加的过程中，店的图像就会渐渐明
晰起来。"

岛本这天晚上身穿浅蓝色高领毛衣和藏青色半身裙，耳朵

上一对小耳环闪闪生辉，贴身的薄毛衣将乳房的形状完美地凸显出来，这弄得我呼吸很不舒畅。

"再说点可好？"岛本脸上又漾出那令人愉悦的微笑。

"说什么呢？"

"说你的经营方针。"她说，"听你这么说话的确开心得很。"

我有点脸红，实在很久没在人前脸红过了。"那不能算是经营方针。只是，岛本，我想我过去就已习惯这样的作业。从小我就一直一个人在脑袋里想这想那，发挥想象力。推出一个虚拟场所，小心翼翼地一块块添砖加瓦——这里这样好了，那个用到这儿来，好比模拟试验。上次也说了，大学毕业我一直在教科书出版社工作，那里的工作实在无聊透顶，为什么呢，因为在那里我无法发挥想象力，不如说是扼杀想象力的活计。所以做起来闷得要死，上班讨厌得要死，就差没窒息过去。一上班我就觉得自己在渐渐萎缩变小，很快就会消失不见。"

我喝一口鸡尾酒，缓缓环视客席。雨天里反倒经常座无虚席。来玩的高音萨克斯手将萨克斯管收进箱内。我叫来男侍，让男侍把一瓶威士忌拿过去，再问他要不要吃点什么。

"可是这里不同。这里若不发挥想象力就休想活下去。我可以把脑袋里想到的即刻付诸实施。这里没有会议，没有上司，没有先例，没有文部省意向，实在美妙至极，岛本。你没在公司工作过？"

她仍面带微笑，摇头说"没有"。

"那就好。公司那地方不适合我，一定也不适合你。我在公司干了八年，一清二楚。在那里几乎白白耗掉了人生八年时间，而且正是二三十岁的黄金岁月。自己都佩服自己竟忍耐了八年。不过若没那八年，估计店也不能开得这么顺顺利利，我是这样想的。我喜欢眼下的工作，现在有两家店，但我不时觉得那不过是自己头脑中的虚拟场所。就是说好比空中花园，我在那里栽花、造喷水池，造得非常精致非常逼真。人们去那里喝酒、听音乐、聊天，然后回家。你认为为什么那么多人每晚每晚大把花钱特意来这里喝酒？那是因为大家都或多或少地在寻求虚拟场所。他们是为了看巧夺天工俨然空中楼阁的人造庭园，为了让自己也进入其中才来这里的。"

岛本从小包包里掏出一支"沙龙"，我赶在她拿打火机之前擦火柴为她点燃。我喜欢给她点烟，喜欢看她眯缝起眼睛、火苗的影子在她眼前摇曳的样子。

"直言相告吧，我生来至今还一次也没工作过。"她说。

"一次也没？"

"一次也没，既没打过工，又没就过业，没有体验过冠以劳动二字的东西，所以现在你讲的这些听得我非常羡慕。那种思考事物的方式我一次也没试过，我只知道一个人看书。我所思考的，总的说来只是花钱。"说到这里，她把两腕伸到我眼前：右手戴着两只纤细的金手镯，左手戴着看上去甚为昂贵的金表。她把两只手像出示商品样本似的在我眼前放了很久。我拉起她的右手，端详一会儿手腕上的手镯，我想起十二岁时被她握手的事。至今仍真真切切记得那时的感触，那感触曾怎样使我内心震颤也没有忘记。

"思考钱的花法说不定更为可取啊。"说罢，我松开她的手。一松开，竟产生一股错觉，好像自己就势飞去了哪里。"一思考钱的赚法，许多东西就要慢慢磨损掉—— 一点一滴地、不知不觉之间。"

"可你不知道，不知道什么也不创造是多么空虚。"

"我不那样认为。我觉得你在创造许许多多的东西。"

“比如什么东西？”

“比如无形的东西。”说完，我把视线落在自己膝头的手上。

岛本手拿酒杯久久望着我。“你说的可是心情什么的？”

“是的。”我说，“无论什么迟早都要消失。这个店能持续到什么时候也无法晓得。如果人们的嗜好多少改变、经济流势多少改变的话，现在这里的状况一转眼就无影无踪了。这种例子我见了好几个，说没就没。有形的东西迟早都要没影，但是某种情思将永远存留下去。”

“不过初君，唯其存留才痛苦的情思也是有的。不这样认为？”

高音萨克斯手走来感谢我送的酒，我感谢他的演奏。

“近来的爵士乐手都变得彬彬有礼了。”我对岛本解释说，“我当学生那阵子不是这样。提起搞爵士乐的，全都吸大麻，一半左右性格有障碍。不过倒是可以时不时听到着实把人惊个倒仰的厉害演奏。我常去新宿的爵士乐俱乐部听爵士乐来着，去寻求惊个倒仰的体验。”

“你是喜欢那些人的吧，初君？”

"或许。"我说，"没有人会寻求相对好的并陶醉其中。虽然九个出格离谱，但有一个无与伦比——人们寻求的是这个。而推动世界前进的便是这个。我想这就是所谓艺术吧。"

我再次盯视自己膝头上的双手，然后扬起脸看岛本。她等待着我继续下文。

"但现在多少不同了。因为我现在是经营者，我所做的是投入资本加以回收。我不是艺术家，不是在创造什么，也不是在这里资助艺术。情愿也罢不情愿也罢，没有人在这个场所寻求那样的东西。对经营方来说，彬彬有礼穿戴整洁的人要容易对付得多。这怕也是理所当然。毕竟不是说整个世界非充满查利·帕克不可。"

她又要了杯鸡尾酒，换了支烟。长时间的沉默，岛本似乎在一个人静静思考什么，我倾听低音提琴手悠长的独奏：《可拥抱的你》。钢琴手时而轻轻和音，鼓手时而擦一把汗喝一口酒。一位常客来我身边闲聊了几句。

"嗳，初君，"许久，岛本开口道，"不晓得哪里有条河？一条山溪一样清亮亮的河，不很大，有河滩，不怎么停滞，很快流进大海的河。最好是流得急的。"

我吃了一惊，看着岛本的脸。"河？"我吃不透她要说什么。她脸上没有任何堪称表情的表情。脸是对着我，却什么都不想说，只是静静地看着我，仿佛在眺望相距遥远的风景。感觉上真好像自己离她很远很远。她和我之间，或许隔着无法想象的距离。如此一想，我心中不能不泛起某种悲哀。她眼睛里含有让我泛起悲哀的什么。

　　"为什么突然冒出河来？"我试着问。

　　"只是偶然想到问问。"岛本说，"不知道有那样的河？"

　　学生时代，我一个人扛着睡袋到处旅行，整个日本各种各样的河都看过了，但怎么也想不起她要的河。

　　"日本海那边好像有这样一条河。"我想了一会儿说，"河名记不得了，大约在石川县。去了就知道。应该最接近你要的河，我想。"

　　我清楚地记着那条河。去那里是大学二年级或三年级那年秋天放假的时候。红叶姹紫嫣红，四周群山简直像被血染红了一般。山下就是海，河流清亮亮的，林中时闻鹿鸣。记得在那里吃过的河鱼十分够味儿。

　　"能把我领去那里？"岛本问。

"石川县哟！"我用干涩的声音说，"不是去江之岛。先坐飞机，再坐一个多小时的车。去了就得住下——你也知道，现在的我无法做到。"

岛本在高脚椅上缓缓转身，从正面看着我。"跟你说，初君，我也完全知道这样求你是不对的，知道这对你是很大的负担。可除了你我没有可求的人，而我无论如何都必须去那里，又不想一个人去。除你以外，对谁都不好这样相求。"

我看着岛本的眼睛。那眼睛仿佛是什么风都吹不到的石荫下的一泓深邃的泉水，那儿一切都静止不动，一片岑寂。凝神窥视，勉强可以看出映在水面上的物像。

"对不起。"她忽地排尽体内气力似的笑笑，"我不是为了求你做这件事才来的，只是想见你，和你说说话，没打算提起这个。"

我在脑袋里粗略地计算了一下时间。"一大早出门乘飞机往返，估计入夜前能赶回来—— 当然要看在那边花多长时间。"

"我想在那边花不了多少时间。"她说，"你真能腾出那样的时间？找出和我一起飞去那里又赶回来的时间？"

127

"差不多吧。"我想了想说,"现在还不好说定,不过我想问题不大。明天晚上打电话到这里来可好?届时我在这里。那之前我安排妥当。你的日程呢?"

"我什么时候都行,没什么日程。只要你方便,我随时可以动身。"

我点点头。

"啰啰嗦嗦真对不起。"她说,"或许我还是不该来见你。说不定最终我只能把一切弄糟。"

将近十一点她起身回去。我撑伞为她拦了一辆出租车。雨还在下。

"再见。添了很多麻烦,谢谢。"岛本说。

"再见。"

之后我折回店内,坐回吧台原来的座位。那里仍剩有她喝的鸡尾酒,烟灰缸里留着几支她吸剩的"沙龙"。我没叫男侍撤下,只是久久地注视着酒杯和烟头上沾的淡淡的口红。

回到家时,妻还在等我。她在睡衣外披了件对襟毛衣,用录像机看《阿拉伯的劳伦斯》。镜头是劳伦斯越过无数艰难险阻横穿沙漠，终于到达苏伊士运河。单我知道的，这部电影她就已看了三遍。她说看多少遍都看不腻。我坐在旁边，边喝葡萄酒边一起看那电影。

"这个星期日游泳俱乐部有个活动。"我对她说。俱乐部里有个成员拥有相当大的游艇，以前我们不时坐艇去海湾游玩，在那里喝酒、钓鱼。二月份玩游艇有点儿冷，但妻对游艇差不多一无所知，因此对此没什么疑问，况且星期天我极少一个人出去。她似乎认为最好还是偶尔出去见见其他方面的人，呼吸一下外面的空气。

"一早就出去，估计八点前能回来。晚饭在家吃。"我说。

"行，星期天正好妹妹来玩。"她说，"要是不冷，大家就带盒饭到新宿御苑玩去，四个女人家。"

"那也蛮不错嘛。"

翌日下午，我去旅行社订了星期日的机票和要租的车。傍晚六点半有一班飞回东京，看来勉强可以赶回吃晚饭。之后我去店里等她的电话。电话十点打来了。"时间总可以找得出，忙倒是够忙的。这个星期日怎么样？"我说。

她说没问题。

我告以飞机起飞时间和在羽田机场的碰头地点。

"麻烦你了，谢谢。"

放下听筒，我坐在吧台旁看了一会儿书。店里太吵，吵得我实在没办法把心思集中到书上，于是去卫生间用冷水洗脸洗手，细看镜子里自己的脸。我对有纪子说了谎。以前说过几次，和别的女人睡觉时也说了小谎，但那时我没认为是欺骗有纪子，那几次不过是无伤大雅的消闲解闷罢了。然而这次不成。我固然没有同岛本睡的念头，但还是不成。我定定地审视镜子里自己的眼睛，那眼睛没有映出自己这个人的任何图像。我双手拄在洗面台上，喟叹一声。

10

　　那条河从岩石间飞快地穿过，点点处处或挂起小小的瀑布，或积成水潭静静歇息。水潭有气无力地反射着钝钝的太阳光。往下游看去，可以看见一座旧铁桥。说是铁桥，其实又小又窄，勉强能容一辆汽车通过。黑乎乎呆愣愣的铁架重重地沉浸在二月冰冷冷的岑寂中。走这座桥的只有去温泉的游客、旅馆员工和森林管理人员。我们过桥时没碰上任何人，过了桥往后看了几次，也没发现过桥人影。进旅馆吃罢简单的午饭，两人过桥沿河步行。岛本笔直地竖起厚厚的海军呢大衣领，围巾紧贴鼻端围了好几圈。她和平时不同，一身适合穿山越岭的轻装。头发在脑后束起，鞋也换上了结结实实的野外作业靴，肩上斜挎绿色尼龙包。这副打扮活脱脱成了高中生。河滩这一堆那一块地点缀着白皑皑硬邦邦的雪。铁桥顶端蹲着两只乌鸦在俯视河面，不时发出一声生硬而尖锐的啼叫，像在谴责什么。叫声在树叶脱尽的林中发出冷冷的回响，继而穿过河面，钻入我们耳底。

狭窄的沙土路沿河边长长地延伸开去，不知止于何处，不知通向哪里。杳无人影，阒无声息。四下里没有像人家的房舍，触目皆是光秃秃的农田。垄沟的积雪勾勒出几道清晰的白筋。乌鸦到处都有。见我们一路走来，乌鸦们就好像朝同伴们发什么信号似的短促地叫了几声，走到跟前它们也凝然不动，我得以切近地看清其凶器一般尖刺刺的嘴和颜色光鲜的爪。

"还有时间？"岛本问，"再这么走一会儿能行？"

我扫一眼手表，"没关系，时间还有。可以再待一个小时。"

"好幽静的地方啊。"她缓缓环视着四周说道。她每次开口，呼出的气便整个浮在空中，硬硬的，白白的。

"这条河可好？"

她看着我微微笑道："看来你是真的明白我所寻求的，从里到外。"

"从颜色、形状到尺寸。"我说，"过去我看河流的眼光就不同一般。"

她笑了笑，用戴手套的手握住同样戴手套的我的手。

"还好。已经来了，就算你说这条河不好我也没办法。"我说。

"放心，对自己再多些信心，你是不至于有那么大失误的。"岛本说，"对了，两个人这么并肩走起来，不有点儿像过去？时常一块儿从学校走路回家来着。"

"你腿没过去那么糟了。"

岛本微笑着看我的脸："听你这语气，好像是为我治好腿感到遗憾似的。"

"或许。"我也笑了。

"真那么想？"

"开玩笑。治好了腿当然是好事。只是有点儿怀念，怀念你腿不好的那段时光。"

"跟你说，初君，"她接道，"这件事我非常非常感谢你——知道的吧？"

"没什么的，"我说，"无非乘飞机来郊游罢了。"

岛本目视前方走了一会。"不过你是对太太说了谎出来的吧?"

"算是吧。"

"这对你相当不是滋味吧?不愿意对太太说谎吧?"

我不知怎么回答合适,没有应声。附近树林里乌鸦又尖利地叫了起来。

"我肯定扰乱你的生活了,我心里很清楚。"岛本低声道。

"好了,别说这个了。"我说,"特意跑来一趟,说点开心的吧!"

"比如说什么?"

"你这身打扮,看上去像高中生。"

"谢谢。"她说,"真是高中生该有多高兴。"

我们朝上游慢慢走去。接下去一段时间里,两人都一言未发,只顾集中注意力走路。她还走不了很快,但慢走看不出不自然。岛本紧紧握住我的手。路冻得梆梆硬,我们的胶底鞋几乎没踩出动静。

的确,假如像岛本说的那样,十几或二十几岁时两人能这样一块儿走路,该是何等美妙啊!星期日下午两人手拉着手,沿着河边一个人也没有的小路无休无止地走下去，该是多么幸福啊！然而我们已不是高中生了。我有妻子和女儿，有工作，而且要向妻说谎才能来这里。往下要乘车赶去机场，搭乘傍晚六点半飞往东京的航班急匆匆返回有妻等我的家。

走了一会儿，岛本停住脚步，搓着戴手套的双手缓缓环视四周，看上游，看下游。对岸群山绵延。左边，树叶落尽的杂木林一片接着一片。哪里也不见人影。我们刚才歇息的旅馆也好铁桥也好，此刻都已隐去山后。太阳不时像想起来似的从云隙间探一下头。除了乌鸦的啼叫和河水的流声，其他一无所闻。眼望如此风景的时间里，我蓦然想道，自己迟早肯定还将在哪里目睹同样的风景。这就是所谓既视感的反向——不是觉得自己以往什么时候见过与此相同的风景，而是预感将来什么时候仍将在哪里与此风景相遇。这一预感已伸出长臂死死抓住了自己意识的根。我已能感觉出其握力。而那长臂的前方便是我自身，将来应该还在的、增加了好几岁的我自身。当然，我无法看见我自身。

"这地方合适。"她说。

"合适干什么？"我问。

岛本浮起一如平日的一丝笑意看着我，"合适干我想干的事。"

　　随后，我们从堤坝下到河边，这里有个小小的水潭，表面结了层薄冰，潭底静静躺着几片一如扁扁的死鱼的落叶。我拾起河滩上的一粒圆石子，在手心里转动了一会儿。岛本摘下两只手套揣进大衣袋，继而拉开挎包链，取出一个用厚厚的上等布料做的小口袋样的东西，袋里有个小壶。她解开壶绳，轻轻打开壶盖，目不转睛地往里窥视良久。

　　我一声不响地凝目注视。

　　壶里装的是白灰。岛本慢慢往左手心倒灰，倒得十分小心，不让灰落到地上。倒到最后灰只有正好盛满她手心那么一点点。是什么的灰、什么人的灰呢？这是一个无风的宁静下午，白灰因而久久停在她手心不动。之后，岛本将空壶装回挎包，用食指尖沾一点灰，递到唇边轻轻舔了一下，继而看我的脸，想笑，但没能笑出。手指仍停在唇上。

　　她蹲在河边将灰放入水中的时间里，我站在旁边盯视其一举一动。她手中那一点点灰转眼间被水冲走了。我和岛本站在河边定睛注视水的行踪。她细看了一会儿手心，然后在水面上冲去余灰，戴上手套。

"真能流去大海？"岛本问。

"大概。"但我无法确信那点灰一定流到大海。到海还有相当远的距离，有可能沉入某处的水潭，就势滞留那里。当然，其中的些许恐怕还是会抵达大海的。

接下去，她开始用落在那里的一块木片挖掘发软的地面，我也帮忙。小坑挖出后，岛本将布袋里的壶埋在里面。乌鸦的叫声从哪里传来。估计它们自始至终在静静地目睹我们的作业。无所谓，想看就看好了，又不是干什么坏事，不过是把烧的什么灰放进河流而已。

"会下雨？"岛本边用鞋尖抚平地面边问。

我抬头看天，"得一会儿。"我说。

"不是那个意思。我是说那孩子的灰会不会流到大海，混在海水里蒸发，再变云变雨落回地面？"

我再次望天，又朝水流看去。

"有可能那样。"我说。

我们驾驶租来的小汽车赶往机场。天气风云突变，头上彤云密布，刚才还点点现出的天空已经全然不见。眼看就要下雪了。

"那是我小孩的灰，我生的惟一婴儿的骨灰。"岛本自言自语似的说。

我看她的脸，又往前看。卡车老是溅起融雪的泥水，我不得不一次次开动雨刷。

"生下第二天就死了。"她说，"仅仅活了一天，抱了两三回。极好看的婴儿，软乎乎的……原因不大清楚，呼吸不顺畅，死时脸色都变了。"

我说不出什么，伸出左手放在她手上。

"女孩儿，名字还没有呢。"

"什么时候死的？"

"正好去年这个时候。"岛本说，"二月。"

"可怜。"

"哪里也不想埋，不想放在黑乎乎的地方。想在自己手上保管一段时间，然后顺着河放流大海，乘云化雨。"

岛本沉默下来，沉默了许久。我也什么都没说，默默地驱车赶路。想必她有难言之隐，就让她安静一会儿好了。但这时间里，我发觉岛本的情形有点反常。她开始以古怪的声音喘息，要拿什么作比较的话，那声音有些像机器的响动，以至最初我还以为引擎出了故障。然而声音毫无疑问来自旁边座位。并非呜咽。听起来就好像支气管开了个洞，每次呼吸都从洞里漏气。

等信号灯时，我看了一眼岛本的侧脸。面如白纸。而且整张脸像涂了一层什么似的，硬撅撅的很不自然。她把头靠在椅背上，直视前方，全身一动不动，只是时而半义务性地微微眨一下眼皮。我往前开了一会儿，找合适地方把车停下。这里是已经停业的保龄球馆的停车场，俨然飞机库一般的空荡荡的顶盖下，竖着一块巨大的保龄球瓶招牌，荒凉得简直像来到世界尽头。偌大的停车场只停了我们这一辆车。

"岛本，"我招呼道，"喂，岛本，不要紧吗？"

她未回答。只是靠着椅背，以那古怪的声音喘息不止。我把手贴在她脸颊上。脸颊冷得就像受了这周围的凄凉光景感染似的，没有血色，额头也没有暖意。我紧张得透不过气：莫非她要这么死去不成？她眼睛里已全然没了神采。仔细窥看眸子，同样一无所见，深处僵冷黯淡，如死本身。

"岛本!"我再次大声叫她。没有反应,极细微的反应都没有。眼睛哪儿也没看,连有无意识都看不出。我想还是领去医院为好。而若去医院,恐怕很难赶上飞机,但情况已不容我考虑这些。岛本可能就这样死去,无论会发生什么,都不能让她死去!

但我刚发动引擎,却发觉岛本想要说什么。我关上引擎,耳朵贴在她唇前,但还是听不清她说什么。较之话语,听起来更像是门缝里吹来的风。她拼出浑身气力似的重复说了好几遍,我全神贯注侧耳倾听——似乎说的是"药"。

"想吃药?"

岛本微微点头,委实微乎其微,几乎分辨不出。看来这已是她能完成的最大动作了。我摸她的大衣袋,里面有钱夹、手帕和带匙扣的几把钥匙,但没有药。接着我打开挎包。包的内格袋里有个纸药袋,里面有四粒胶囊,我拿出给她看:"是这个?"

她眼珠不动地点了下头。

我放倒椅背,张开她的嘴,塞进一粒胶囊。可是她口腔干得沙啦沙啦的,根本不可能将胶囊送入喉咙里。我四下打量,看有没有类似饮料自动售货机那样的东西，但没有见到。而要上哪里去找，又没有时间。附近带水汽的东西惟独雪。幸好雪这里要多少有多少。我下了车，挑选檐下看上去还干净的已变硬的雪，放进岛本戴的毛线帽里端回。我先含入自己口中一点儿。含化要花时间。含着含着，舌尖便没了感觉，却又想不出别的办法。含化后分开岛本的嘴唇，嘴对嘴送进水去。送罢捏住她的鼻子，硬让她把水咽下。她有些呛，但到底咽了进去。如此反复几次，看样子总算把胶囊冲进了喉咙。

我看那药袋，上面什么也没写，药名也好姓名也好服用须知也好一概没写。我有些纳闷，药袋上一般该注明这些以防误服才是，也好让人服用时心中有数。但不管怎样，我又把纸袋放回挎包内格袋，观察她的反应。什么药固然不知道，什么病也不晓得，但既然她这样随身携带，想必自有其效用。至少这并非突发事态，而是在某种程度上有所预知的。

大约十分钟后，她脸颊上终于一点点泛出了红晕。我把自己的脸颊轻贴上去，尽管微乎其微，但毕竟原有的温煦失而复来了。我舒了口气，身体靠在椅背上。总算幸免于死了。我抱着她的肩，不时对贴脸颊，确认她缓缓地返回此侧世界。

"初君，"岛本用低低的干涩的声音叫我。

"喂，不去医院可以么？若去医院才行，急诊部还是找得到的。"

"不用去的。" 岛本说，"已经没事了，吃了药就好。再过一会就恢复正常，别担心。对了，时间不要紧？不快点去机场要误机的。"

"不怕，时间就放心好了。再静静待上一会儿，镇定下来再说。"

我用手帕擦她的嘴角。岛本拿过我的手帕，盯视了一会儿，说："你对谁都这么亲切？"

"不是对谁都这么，"我说，"因为是你。并非对谁都亲切。我的人生实在太有限了，不可能对谁都亲切。对你一个人亲切都很有限。假如不很有限，我想我会为你做很多很多。但不是那样。"

岛本把脸转向我，凝然不动。

"初君，我可不是为了耽误飞机才故意这么做的。"岛本小声说。

我惊讶地看着她，"当然，不说我也知道。你情况不妙，没办法的事。"

"抱歉。"

"不必道歉。又不是你的错。"

"可我拖了你的后腿。"

我抚摸她的头发，弓身轻吻她的脸颊。可以的话，我真想把她整个人紧紧搂住，以我的肌肤确认她的体温。但我不能那样。我只吻了她的脸颊。她的脸颊暖暖的、软乎乎的、湿湿的。"用不着担心，最后一切都会顺利的。"

到机场还汽车时，登机时间早已过了。所幸飞机推迟起飞，飞往东京的航班还在跑道上没有上客。我们一下子放下心来。可是这回要在机场等一个多小时。服务台说是检查引擎的关系，更多的情况他们也不知晓。"不知要检查到什么时候。我们什么也不知道。降落时开始稀稀落落下起雪来，现在越下越大。瞧这光景，不起飞都大有可能。"

"今天要是回不了东京，你可怎么办呢？"

"不要紧，飞机肯定会起飞的。"我对她说。当然谁也没有把握保证飞机起飞。想到万一出现那种情况，我心里沉甸甸的。那样一来，我势必要巧妙地编造托辞，用来解释自己为什么跑来石川县。车到山前必有路，到时候再慢慢考虑不迟，当务之急是考虑岛本。

"你怎么样？万一今天回不到东京的话？"我问岛本。

她摇摇头，"我你就别牵挂了。"她说，"我怎么都成。问题是你，你怕很为难吧？"

"多多少少。不过你不必放在心上，又不是一定飞不成。"

"我早就料想会发生这样的事。"岛本用仿佛说给自己听的沉静的声音说，"只要有我，周围保准发生莫名其妙的事，总是这样。我一参与，事情就全乱套，原本顺顺当当的局面会突然走投无路。"

我坐在候机厅的椅子上，考虑航班取消时必须打给有纪子的电话。我在脑海里排出种种辩解用词。恐怕无论怎么解释都终归无济于事，口称参加游泳俱乐部活动星期天一早离开家门，却被大雪封在石川县机场，无法自圆其说。倒是可以说"出得家门忽然想看日本海，所以直接去了羽田机场"，不过未免过于滑稽。与其那么说，倒不如索性什么也不说。或者不如干脆实话实说。如此思来想去，我愕然察觉到自己内心竟在期待飞机不起飞，在盼望被雪困在这里不动，在希求自己同岛本单独来此一事被妻子发现。而我将毫不辩解，不再说谎，就和岛本留在这里。往下只消随波逐流即可。

最终，飞机在延误一个半小时后起飞了。在飞机上，岛本一直靠在我身上睡觉或闭目合眼。我伸出胳膊搂着她的肩。看上去她好像睡着还在不时地哭。她始终默不作声，我也缄口不语。我们开口已是在飞机进入着陆状态之后了。

"喂，岛本，你真的没事儿了？"我问。

她在我的臂弯中点头道："没事儿，吃了药就没事了。别介意。"她把头轻轻搭在我肩上。"什么也别问，别问为什么成了这个样子。"

"好好，什么也不问。"我说。

"今天实在谢谢了。"

"谢今天什么？"

"谢你领我出来，谢你嘴对嘴喂水，谢你容忍了我。"

我看她的脸。她嘴唇——刚才我喂水的嘴唇就在我眼前，看上去希望我再来一次。双唇微微张开，露出整齐莹白的牙

145

齿。喂水时稍稍碰及的那柔软的舌头感触我仍记得。看着那嘴唇，我呼吸变得甚为困难，什么都考虑不成，浑身火烧火燎。我知道她需要我，而我也需要她。但我设法克制了自己。我必须在此止步。再往前去，很可能再也退不回来。但止步需付出相当大的努力。

我从机场往家里打电话。时间已是八点半。

"对不起，晚了。一时联系不上。这就回去，过一个小时到。"我对妻说。

"一直等你来着，后来实在耐不住，就先吃了。倒是火锅。"妻说。

我让岛本坐进我放在机场停车场的宝马，"送到哪里合适？""可以的话到青山下来，从那里一个人随便回去。"岛本说。

"一个人真能回去？"

她微笑着点点头。

在外苑驶下首都高速之前，我们几乎没有开口。我用低音量听亨德尔的风琴协奏曲磁带，岛本双手整齐地并放在膝头，一动不动地眼望窗外。由于是星期天夜晚，周围的车上都是去哪里游玩归来的一家老小。我比平时频繁地上上下下换挡。

"嗳，初君，"快到青山大街时岛本开口了，"那时我这么想来着：飞机不起飞就好了。"

我想说我也那么想来着，但终于没说出来。口腔干得沙沙响，话语无法脱口而出。我只是默默点头，轻握一下她的手。我在青山一丁目拐角处停车让她下来——她要在此下车。

"再去见你可好？"下车时岛本小声问道，"还不讨厌我？"

"等你。"我说，"过几天见。"

岛本点了下头。

我沿着青山大街驱车前行。假如再也见不到她，脑袋肯定得出故障。她一下车，世界都好像一下子变得空空荡荡了。

11

　　和岛本去石川县回来后的第四天，岳父打来电话，说有要事相商，问我明天中午能不能一起吃饭。我说可以可以。不过老实说我有点吃惊，因为岳父是个非常忙的人物，极少同工作关系以外的人吃饭。

　　岳父的公司半年前刚从代代木迁到四谷一座七层新楼。那楼虽是公司财产，但公司只用上面两层，下面五层租给别的公司以及餐馆店铺。来这里我还是头一次。一切都是新的，闪闪发光。大厅是大理石地面，天花板很高，硕大的瓷瓶里插满鲜花。在六楼下得电梯，接待处坐着一个足可出任洗发水广告代言人的秀发女孩，用电话将我的姓名告知岳父。电话机是深灰色的，形状像是带计算器的锅铲。随后她粲然一笑，对我说："请，总经理在办公室等您。"笑容非常华丽，但同岛本相比多少有些逊色。

总经理室在最上层。通过大玻璃窗可以将市容尽收眼底。景色虽不能说令人心旷神怡，但室内采光好，面积绰绰有余。墙上挂着印象主义画，画的是灯塔和船。似乎出自修拉①笔下，有可能是真品。

"形势看来不错嘛。"我对岳父说。

"不坏。"说着，岳父站在窗旁手指外面，"是不坏，并将越来越好，眼下正是发财的时候。对我们这行当来说，是二三十年才有一次的天赐良机，现在发不了财就没机会发了。知道为什么吗？"

"不知道，建筑业我是门外汉。"

"喏，从这里看一眼东京城好了。看见到处都有空地吧——就像掉牙似的这一点那一块什么也没建的空地皮。从高处看一清二楚，走路是看不出的。那就是旧房旧楼拆出来的。近来地价飞涨，以前那样的旧楼渐渐没了收益。旧楼收不来高房租，租客数量也在减少，所以需要新的更大的空间。就拿私

_____

① 修拉：法国新印象主义画家（1859—1891）。

有房来说，城区地价一涨，固定资产税和继承税就付不起，就要卖掉，卖掉城里房子搬去郊外。买那类房子的基本上是专业不动产商，那帮小子拆除原来的旧房，建造更能有效利用的新楼。就是说，那一带的空地往下要接二连三地竖起高楼大厦，而且就在这两三年内，两三年工夫东京就要一改旧观。资金没问题，日本经济生机勃勃，股票节节上扬。银行的钱绰绰有余，有地抵押银行就借钱给你，借多少都不在话下。只要有地，钱随便你花。所以楼一座接一座拔地而起。建楼的是谁？当然是我们，当然！"

"原来如此。"我说，"不过建那么一大堆楼，东京究竟会怎么样呢？"

"会怎么样？会更朝气蓬勃，更美观气派，更方便快捷嘛！市容这东西，是如实反映经济形势的一面镜子。"

"更朝气蓬勃更美观气派更方便快捷固然不坏，我也认为挺好。问题是现在东京城都车满为患了，楼再增加，那可真要寸步难行了。下水道都很麻烦，下点雨就得往外冒水。再说，所有高楼大厦夏天一齐开空调，电恐怕都不够用。而电是靠烧中东石油发出来的，再来一场石油危机怎么办？"

"那是日本政府和东京都考虑的事，我们不是为此大把大把纳税了吗！让东大毕业的官僚们绞尽脑汁去好了。那些家伙总那么神气活现派头十足，就像在说是他们在驱动国家。所以偶尔开动一下那颗高档脑袋考虑考虑问题也是可以的嘛！与我无关，我不过是个小小的泥水工，有人求盖楼就是——这就叫做市场原理，是吧？"

对此我没表示什么。毕竟不是来跟岳父讨论日本经济态势的。

"算了，别再谈深奥东西了，先填肚皮去吧，肚子瘪了。"岳父说。

我们钻进带电话的宽体黑色梅赛德斯，来到赤坂一家鳗鱼餐馆，被让进里面一个单间，两人面对面吃鳗鱼喝清酒。因是中午，我只象征性地喝一点点，岳父却喝得相当快。

"那么，要商量什么事呢？"我切入正题。若是糟糕事，还是先听了好。

"其实是有事相求。"他说，"啊，倒也不是大不了的事——想借你的名字一用。"

"借名字？"

"这次想办一家新公司，需要一个名义上的创办人。虽说如此，也并不需要什么特殊资格，只消名字出现在那里即可。不给你添任何麻烦，而相应的答谢我是一定给的。"

　　"不用什么答谢。"我说。"真有必要，名字怎么借都无所谓。可那到底是什么公司呢？既然作为创办人之一连署名字，那么这一点还是想了解了解。"

　　"准确说来，什么公司也不是。"岳父说，"对你我才直言不讳：那公司什么也不做，徒有其名罢了。"

　　"总之就是'幽灵公司'了？Paper Company， tunnel公司。"

　　"啊，算是吧。"

　　"目的到底是什么呢？逃税？"

　　"不是。"他难以启齿似的说。

　　"黑金？"我一咬牙问道。

　　"差不多。"他说，"的确不是光明正大的事，但做我们这个买卖多少还是需要的。"

　　"若弄出什么问题我怎么办？"

　　"办公司本身是合法的。"

"问题在于那公司干什么。"

岳父从衣袋里取出香烟，擦燃火柴，朝天吐了一口烟。

"问题不至于有什么问题的。况且就算出现什么问题，谁一眼都会看出你不过出于对我的情面才借名字一用罢了——老婆的父亲相求，没办法拒绝。没有人会怪罪你。"

我就此思索了片刻。"那黑金到底流去哪里呢？"

"还是不知道为好。"

"我想就市场原理知道一下具体内容，"我说，"流去政治家那儿？"

"那也多少有点儿。"

"是官僚？"

岳父把烟灰抖落在烟灰缸里，"喂喂，那么干可就成贿赂了，手要给拗到背后去的！"

"不过同业界多多少少全都干的吧？"

"或多或少。"岳父现出为难的神色，"在手不至于拗到背后的限度内。"

"暴力团那边呢？收买地皮时那伙人怕是有用的。"

"那没有。我向来瞧不上那帮家伙。我不干垄断收买地皮的名堂。那倒是赚钱，但不干。我只是建造地皮上面的。"

我喟叹一声。

"这类事你肯定不中意的。"

"中意也罢不中意也罢，反正您是把我打入算盘才往前铺展的吧？以我答应为前提？"

"那是那是。"他有气无力地一笑。

我叹口气说："我说爸爸，坦率地说我是不大喜欢这类事情的。倒不是说要纠正社会不良风气，您也知道，我是过着普普通通生活的普普通通的人。可能的话，不想卷入背阴处的事情里去。"

"这个我也清楚，"岳父说，"清清楚楚。所以这边就交给我办好了。反正绝对不会做给你添麻烦的事。如果那样做，结果必然给有纪子和外孙女们也添麻烦。我是不可能那么做事的。你也该知道我是多么疼爱女儿和外孙女吧？"

我点点头。不管怎么说，我都不能处于可以拒绝岳父的立场。这么想着，心情沉重起来。我在被这世界一点一点拉下水去。这是第一步。这次就认了，但往下没准还有别的什么找到头上。

我们又继续吃了一会。我喝茶，岳父仍以很快的频率喝酒。

"喂，你三十几了？"岳父突然问。

"三十七。"

岳父定睛看着我。

"三十七么，正是风流年龄。"他说，"工作得心应手，自信也有了。所以女人也会主动凑上前来，对不？"

"遗憾的是还没那么多凑上前来。"我笑道，旋即观察他的表情。一瞬间我怀疑岳父知道了我和岛本的事，为此把我叫到这里来。但他口气里没有要盘问什么的紧张感，只是跟我闲聊而已。

"我在你这个年龄也蛮风流着哩，所以不命令你不许有外遇。跟女儿的丈夫说这个未免离谱，但我以为适当玩玩反倒有好处，反倒息事宁人。适当化解那种东西，可保家庭和睦，工作起来也能集中精力。所以，即使你在哪里跟别的女人睡，我也不责怪你。不过嘛，风流时最好选准风流的对象，稀里糊涂选错人，人生的路就要走歪。这样的例子我看到好几个了。"

我点点头。随后我蓦地想起有纪子的话，她说她哥哥夫妻关系不好。有纪子的哥哥小我一岁，别处有了女人，不常回家。我猜想岳父大概对这个长子有些看法，所以才跟我谈起这个。

"记住，别找无聊女人。和无聊女人风流，自己不久都会无聊。和糊涂女人厮混，自己都要糊涂起来。话虽这么说，可也不要同太好的女人搞在一起。和好女人深入下去，就很难再退出来了，而退不出来，势必迷失方向。我说的你懂吧？"

"多多少少。"

"注意这几点就行了。首先不可给女人弄房子，这是要命的东西。其次回家时间最晚不超过半夜两点，半夜两点是不被怀疑的底线。第三，不可拿朋友作挡箭牌。风流事有可能露馅，那也是没办法的，但不可连朋友都搭进去。"

"像是经验之谈啊。"

"那是。人只能从经验中学习。"他说，"也有不能从经验中学习的，但你不是那类。我想——你这人很有看人的眼光。这东西只有善于从经验中学习的人才能掌握。你的店我只去了两三次，但一眼就看出来了：你找的人都很不错，又会用他们。"

我默默地听他讲下去。

"选老婆的眼光也有，婚姻生活迄今为止也一直风平浪静。有纪子也和你过得蛮幸福，两个孩子也都是好孩子。对此我表示感谢。"

看来他今天喝过量了。但我什么也没说，只管默默听着。

"我想你恐怕还不知道，有纪子自杀过一回。吃安眠药。抬进医院两天没醒过来。当时我以为完了，全身发凉，呼吸都像没了，以为必死无疑，眼前一片漆黑。"

我抬脸看岳父，"什么时候的事？"

"二十二岁时候，大学刚毕业。男人引起的。和那男的都已订婚了。一个无聊人物。有纪子看起来老实，但很有主意，脑袋也够用。所以，我现在都不明白为什么和那么个无聊人物搅和到一起。"岳父背靠壁龛柱子，叼烟点上火。"但对有纪子来说，那是第一个男人。大凡第一个，多多少少谁都要出差错。问题是有纪子受的打击大，想自杀不活了。自那以后，那孩子就同男人断绝了所有往来。那以前本来是个相当积极的孩子，但那件事发生后就很少外出了。寡言少语，总是闷在家里。想不到和你相识交往以后，变得非常开朗，人整个变了。"

是旅行途中遇上的吧？”

“是的，在八岳。”

“那次也是我劝的，差不多硬推出门的，我说一定得旅行一次。”

我点头道：“自杀是不知道的。”

“觉得还是不知道好，一直没有提起。不过差不多也该是知道的时候了。你俩往后日子还长，好的坏的最好大体了解清楚。已是很久以前的事了。”岳父闭上眼睛，朝上吐了口烟。“由我这当父亲的说是不合适，不过她确实是个好女人，我是这么看的。我经历过各种各样的女人，看女人的眼光自以为还是有的，不管是自己女儿还是什么人，女人的好坏一眼就看得出。同是自己女儿，长相倒是妹妹好，但人的禀性截然不同。你有看人的眼光。”

我默然。

“对了，你是没有兄弟吧？”

“没有。”我说。

“我有三个孩子。你以为我对三个一视同仁？”

“不知道。”

“你怎么样？两个女儿同样喜欢？”

“同样喜欢。”

“那是因为还小。”岳父说，“再大些，就会有倾向性。对方有，我们也有。这你很快就会体验到的。”

“是吗？”

“也是因为对你我才说，三个孩子里边我最喜欢有纪子。这么说对另两个是不合适，但确实如此。和有纪子对脾气，信得过。”

我点点头。

“你有看人的眼力。有看人的眼力是非常了不起的才能，要永远珍惜才是。我本身自是一文不值，但并非只生了一文不值的货色。”

我把已醉到相当程度的岳父扶上梅赛德斯。他一坐进后座，便叉腿闭上了眼睛。我拦出租车回家。回到家来，有纪子想听父亲和我说了什么。

“也没说什么正经话，”我说，“父亲只是想和谁喝酒。醉得挺厉害，不知道回公司还能不能工作，那个样子。”

“总是那样。”有纪子笑道，“大白天喝醉了，在总经理室沙发上午睡一个小时。可公司居然还没关门。所以别担心，由他去吧。"

"不过好像没以前那么能喝了。"

"是啊。你大概不晓得，母亲去世之前，怎么喝都绝不上脸，无底洞一样。也是没办法啊，都要上年纪的。"

她新做了咖啡，我们在厨房餐桌上喝着。为幽灵公司当名义上的创办人的事我没有讲给有纪子听，怕她知道后为自己父亲给我添麻烦感到不快。想必有纪子会说："从父亲手里借了钱的确不错，但那个和这个是两回事。再说你不是连本带息都还了么！"但问题没那么简单。

小女儿在自己房间睡得很实。喝罢咖啡，我把有纪子拉到床上。两人脱光衣服，在明晃晃的天光下静静地抱在一起。我花时间给她的身体升温后探了进去。但这天进去后我一直在想岛本。我闭上眼，权当自己此时抱的是岛本，想象自己正进入岛本体内，随后汹涌地一泻而出。

冲罢淋浴，我重新上床，打算睡一会儿。有纪子已完全穿好了，见我上床，马上来身旁吻我背部。我闭上眼睛，一声不响。由于我是想着岛本同她做爱的，所以不免有些内疚，遂闭

160

目沉默。

　　"嗳，真的好喜欢你。"有纪子说。

　　"结婚七年过去了，孩子都两个了，"我说，"差不多该到倦怠期了。"

　　"是啊，可我喜欢。"

　　我抱过有纪子，并开始脱她的衣服，脱去毛衣和裙子，拉掉内裤。

　　"喂，你莫不是还来一次……"有纪子吃惊地说。

　　"当然再来一次。"

　　"唔，这可要写进日记才行。"

　　这回我尽量不去想岛本。我搂紧有纪子，看有纪子的脸，只想有纪子。我吻有纪子的嘴唇、脖颈和乳头，射在有纪子体内。射完后仍搂着不动。

　　"嗳，你怎么了？"有纪子看着我说，"今天跟父亲有什么了？"

　　"什么也没有。"我说，"完全没有。只是想这么亲热一会儿。"

　　"好好，随你怎样。"说着，她仍让我待在里面，就那样紧紧搂住我。我合起眼睛，身体紧贴她的身体，不让自己跑去别的地方。

抱着有纪子的肢体，我蓦然想起刚才从岳父口中听来的她自杀未遂的事。"当时我以为完了……以为必死无疑。"说不定只要出一点点差错，这肢体就会消失不见的，我想。我轻轻抚摸有纪子的肩、发、乳房。暖暖的，柔柔的，又实实在在。我的手心可以感觉出有纪子的存在，至于这能持续存在到什么时候，任何人都无由得知。有形的东西倏忽间就了无踪影，有纪子也好，我们所在的房间也好，墙壁也好天花板也好窗扇也好，注意到时都可能不翼而飞。接着，我一下子想起了泉。一如那个男的深深伤害有纪子一样，我大概也深深伤害了泉。有纪子其后遇上了我，而泉大概谁也没遇上。

我吻了一口有纪子柔软的脖颈。

"睡一会儿。"我说，"睡醒去幼儿园接小孩儿。"

"好好睡就是。"她说。

我只睡了很短工夫。睁开眼睛，下午三点刚过。从卧室窗口可以望见青山墓地。我坐在窗边椅子上，怔怔地望那墓地，望了许久。我觉得很多景物都以岛本出现为界而前后大不相同。厨房里传来有纪子准备做晚饭的声响，在我听来竟那般虚无缥缈，仿佛从辽远的世界顺着管道或其他什么传来的。

随后，我从地下停车场开出宝马去幼儿园接大女儿。这天幼儿园好像有什么特殊活动，女儿出来时已近四点。幼儿园门前一如往日停着一排擦得一尘不染的高级轿车，萨博、捷豹、阿尔法·罗密欧也在其中。身穿高档大衣的年轻母亲从车上下来，接过孩子，放进车里回家。由父亲来接的只我女儿。一看见女儿，我就叫她的名字，一个劲儿挥手。女儿认出我，也挥起了小手，正要往这边跑时，发现坐在蓝色梅赛德斯260E助手席上的小女孩儿，便喊着什么朝那边跑去。小女孩儿戴一顶红毛线帽，从停着的汽车窗口探出上身。她母亲身穿红色开司米大衣，戴一副足够大的太阳镜。我赶去那里拉起女儿的手，对方冲我微微一笑，我也回了个微笑。那红色开司米大衣和大太阳镜使我想起岛本——从涩谷跟到青山时的岛本。

"你好！"我说。

"你好！"她应道。

一个容貌俏丽的女子，怎么看都不超过二十五。车内音响正在放"传声头像"乐队的《燃烧的房子》。后座上放两个纪之国屋百货商店的纸袋。她的笑容十分动人。女儿和小朋友悄悄说了一会儿什么，然后说"再见"。那女孩儿也说声"再见"，说罢按一下钮，把玻璃窗"嘶"一声关上。我牵着女儿的手往宝马走去。

"怎么样，今天一天里有什么高兴事？"我问女儿。

女儿头一摆说："哪里有什么高兴事，糟极了。"

"啊，都挺够呛的。"说着，我弯腰吻了一下女儿前额。她以煞有介事的法国餐馆经理接受美国运通卡时的表情接受我的吻。"明天会好起来的，肯定。"我说。

可能的话，我也想这样安慰自己：明天早晨睁开眼睛，世界肯定变得眉清目秀，一切都比今天令人心旷神怡。然而不可能那样。明天说不定事情更伤脑筋。问题是我在闹恋爱，而又这样有妻、有女儿。

"嗳，爸爸，"女儿说，"我嘛，想骑马。什么时候给我买匹马？"

"啊，好好，什么时候。"我说。

"这什么时候，哪年哪月？"

"等爸爸攒够钱。攒够钱就用来买马。"

"爸爸也有贮币盒？"

"嗯，有个很大的，汽车那么大的家伙。不攒那么多钱马是买不成的。"

"求姥爷，姥爷肯给买的？姥爷不是很有钱吗？"

"那是。"我说，"姥爷有个跟那儿的大楼一样大的贮币盒，满满的全是钱。可因为太大了，里边的钱怎么也取不出来。"

女儿独自沉思了好一会儿。

"问问姥爷怎么样？就说想请他买匹马。"

"是啊，问一次试试看。没准真能给你买的。"

我和女儿谈着马，把车开到了公寓停车场：要什么颜色的马，取什么样的名，骑马去哪儿，让马睡在哪儿，等等。把她从停车场送上电梯后，我直接赶去酒吧。明天究竟会发生如何的变化呢？我双手搭在方向盘上，闭起眼睛。我觉得自己似乎不在自己体内，我的身体仿佛是从哪里随便借来的临时性容器。明天我将何去何从呢？如果可能，我真想立刻给女儿买一匹马，在一切杳然消失之前，在一切损毁破灭之前。

12

　　此后到开春前的两个月时间里，我几乎每个星期都和岛本见面。她不时一晃儿出现。那边的酒吧她也去，但还是来"罗宾斯·内斯特"的时候多。一般是九点多来，坐在吧台前喝两三杯鸡尾酒，十一点左右回去。她在的时候，我便坐在她旁边和她说话。员工们怎么看我和她的关系我不知道，不过我没怎么把这个放在心上，一如小学时没怎么介意同学们如何看我俩的关系。

　　有时候她往店里打来电话，提议明天中午在某处见面。我们大多在表参道一家咖啡馆碰头，两人简单吃一点饭，在那一带散步。她和我在一起的时间大致两个小时，长也不超过三个钟头。回去时间一到，她便看一眼表，看着我微微一笑："好了，得回去啦。"微笑仍是以往那种妩媚的微笑，可是我无法从中读出当时她心中的感情涟漪，甚至读不出她对于必须离去是难过还是不怎么难过，抑或是否为同我分别感到释然，就连那时她是否有返回的必要我都无从确认。

不管怎样，分别时刻到来前那两三个小时，我们是谈得相当投入的，不过我搂她的肩或她拉我的手的情形再未出现。我们再未相互接触身体。

在东京街头，岛本又恢复了以往冷静而又迷人的笑容。二月那个寒冷的日子在石川县流露的剧烈的感情起伏我再没目睹第二次。当时两人之间产生的温煦而自然的亲昵已一去不复返，那次奇特的短暂旅行当中发生的事我们从没提起，尽管并无约定。

我一边同她并肩行走，一边捉摸她心里装的是什么东西，以及那东西今后将把她领往何处。我时而盯视她的眸子，但那里边有的只是平和的沉默。眼睑上那条细线依然使我想起远方的水平线。如今我觉得自己多少理解了高中时代泉对我大约怀有的孤独感。岛本心中有只属于她自身的与世隔绝的小天地，那是惟独她知晓、惟独她接受的天地，我无法步入其中。门扇仅仅向我开启了一次，现在已经关闭。

每当我就此思索的时候，我就心乱如麻，不知何对何错。恍惚间似乎重新返回了遇事不知所措的懦弱的十二岁少年。在她面前，我往往不知道自己做什么好说什么好，无从判断。我想冷静，想开动脑筋，但都不成。感觉上自己总对她说错话做错事，而无论我说什么做什么，她都浮现出仿佛将所有感情吞噬一尽的迷人微笑看着我，就好像在说"没关系的，这样可以的"。

关于现在的岛本的处境，我几乎一无所知。不知她家住何处，不知她与谁同住，不知她收入从何而来，甚至结婚没有或结过婚没有都不知晓。只知她生过一次孩子，且孩子第二天就死了。那是去年二月的事。此外她说她迄今一次也没工作过。然而她总穿高档服装，总戴高档饰物，而这意味着她在某处获得高额收入。关于她，我算得上知道的仅此而已。生孩子时她该是结婚的吧？这当然也没有确切根据，无非推测罢了。不结婚也不是不能生孩子。

尽管如此，一来二去，岛本还是多少谈起了一些初中和高中时代的事，似乎她以为那个年代同现在的境况没有直接关系，谈也无碍。我由此得知当时她度过的是多么孤寂的日日夜夜。她尽可能对周围人一视同仁，遇上什么也不辩解。"我不愿意辩解。"她说，"人这东西一旦开始辩解，就要没完没了辩解下去，我不想活成那个样子。"然而那样的活法对于那个年代的她并没起多少作用，同周围人之间还是产生了诸多无谓的误解，而那些误解深深伤害了她的心，她渐渐把自己封闭起来，早上起床时常呕吐——因为讨厌上学。

她给我看过一次上高中时的照片。照片中，岛本坐在一座庭园的椅子上，庭园里开着向日葵花。时值夏季，她身穿粗斜纹布短裤和白 T 恤。她的确是漂亮，正朝镜头送出妩媚的微笑。虽比现在笑得不无生硬，但同样是无与伦比的笑。在某种意义上，唯其笑得不够释然，才更能打动人的心弦。看不出那是天天在不幸中生活的孤独少女的微笑。

"从这张照片上看，你可像是绝对幸福。"我说。

岛本缓缓摇头，像想起什么往昔场景似的在眼角聚起迷人的皱纹。"跟你说，初君，照片上什么也看不出来的，纯粹是影子罢了。真实的我却在另一个地方，没反映在照片上。"她说。

照片让我一阵心痛。它使我切实感受到了自己以前失去了多少时间——那是永远不可复得的宝贵时光，是任凭多少努力都无法挽回的时光，是只存在于当时当地的时光。我许久许久地凝视着照片。

"怎么看得那么专心？"岛本问。

"为了填补时间。"我说，"我已经二十多年没见到你了，想填补那段空白，哪怕填一点点也好。"

她漾出仿佛费解的微笑看着我，就好像我脸上有什么异常。"也真是怪——你想填补那段岁月的空白，我却想多少把它弄成空白。"她说。

从初中到高中，岛本始终没有男朋友。不管怎么说，她毕竟是美貌少女，主动搭话的人不是没有，然而她几乎不同那些男孩子交往。也做过这方面的努力，但持续时间都不长。

"肯定是由于我喜欢不来那个年龄的男孩子。知道吧？那个年龄的男孩子都那么粗野，只想自己，脑袋里除了往女孩裙子里伸手没别的。一碰上那种情形，我就失望得不行。我追求的，是过去跟你在一起时存在的那种东西。"

"喂，岛本，十六岁时我也是只想自己，也是脑袋里只有往女孩裙子里伸手的念头的粗野男孩，千真万确。"

"那么说，幸亏那时候我们没见面喽，或许。"说着，岛本轻轻一笑，"十二岁时分开天各一方，三十七时如此不期而遇……对我们来说，怕是这样再合适不过。"

"真的？"

"如今的你也多少开始想往女孩裙子伸手以外的事了吧？"

"多多少少。"我说，"或多或少。不过，若是你对我脑袋里的念头放心不下，下次见面还是穿长裤保险。"

岛本两手放在桌面上，笑着注视良久。手指上依旧没戴戒指。她常戴手镯，手表也常换花样，耳环也戴，惟独不戴戒指。

"再说我不乐意成为男孩子的累赘。"她说，"晓得吧？很多事我都做不来。郊游啦游泳啦滑冰滑雪啦跳迪斯科啦，哪样我都不行。连散步都只能慢走。论起我能做的，只限于两人一起坐着说话或听音乐，而那个年纪的男孩子没办法长时间忍耐。我不愿意那样，至少不想拖累别人。"

这么说着，她喝了一口加入柠檬的巴黎水。这是三月中旬一个暖洋洋的午后，在表参道步行的人群中，已有年轻人换上了半袖衫。

"即使那时候我同你交往，最后也肯定成为你的累赘，我想。你肯定要腻烦我的，你肯定想飞往更有动感更为广阔的天地，而那样的结果对于我怕是不好受的。"

"瞧你，岛本，"我说，"那种事是不可能发生的。我想我不至于腻烦你。为什么呢，因为你我之间有某种特别的东西，这点我非常清楚。语言是无法表达，但那东西的确就在那里，而且非常非常宝贵。想必你也心里明白。"

岛本没有改变表情，目不转睛地看着我。

"我不是什么了不起的人，没有任何值得自豪的东西，而且比过去比现在还要粗野、自大和麻木不仁。所以，也许很难说我这人适合你。不过有一点可以断言：我决不会腻烦你。这点上我和别人不同。就你而言，我的确是个特殊存在，这我感觉得出。"

岛本再次把视线落在自己放在桌面上的一双手上，像检查十指形状似的轻轻摊开。

"嗯，初君，"她说，"非常遗憾的是，某种事物是不能后退的。一旦推向前去，就再也后退不得，怎么努力都无济于事。假如当时出了差错——哪怕错一点点——那么也只能将错就错。"

　　我们一起去听过一次音乐会，听李斯特的钢琴协奏曲。岛本打来电话，问我是否有时间和她一块儿前往，演奏者是南美有名的钢琴手。我抽时间和她一同去了上野的音乐厅。演奏十分精彩，技术无可挑剔，音乐本身也委婉细腻，意境幽深，演奏者的激情无处不在。然而我无论如何也无法沉醉其中，再闭目合眼聚精会神也没用。演奏者和我之间似乎隔着一层薄窗帘样的东西，尽管薄得若有若无，却使得我死活都到不了对面。音乐会结束后我这么一说，原来岛本也和我同感。

　　"你认为演奏者哪里有问题？"岛本问，"我倒是觉得演奏十分出色。"

　　"还记得吧？我们听的那张唱片，第二乐章最后部分有两次小小的唱针杂音，吱呀吱呀的。"我说，"而没那杂音，我怎么也沉不下心来。"

　　岛本笑道："这可很难说是艺术创想哟。"

　　"管它艺术不艺术，那劳什子喂秃鹫去好了。不管谁怎么说，反正我就是喜欢那唱针杂音。"

"或许真是那样。"岛本也承认，"不过秃鹫到底是什么？秃鹫？秃鹰我倒晓得，秃鹫不知是何物。"

归途的电车中，我向她详细说明了秃鹫和秃鹰有何不同：关于生息地的不同，关于叫声的不同，关于交尾期的不同。"秃鹫吃的是艺术，秃鹰吃的是无名众生的尸体，截然不同。"

"好个怪人！"笑罢，她在电车座位上把自己的肩轻轻碰在我肩上。这是两个月时间里我们仅有的一次身体接触。

如此三月过去，四月降临。小女儿也上了大女儿上的那所幼儿园。两个女儿都离手以后，有纪子参加了社区志愿者服务小组，在残疾儿童福利设施帮忙做事。通常由我送女儿去幼儿园再接回家，我若没时间，妻就替我接送。小孩儿一天天长大，我因而得知自己一天天变老。无论我怎么想，小孩儿反正要径自长大成人。我当然爱女儿们，眼看她们成长是我的一个巨大幸福。但在实际目睹她们一个月大似一个月的时间里，我不时感到窒息般的痛苦，就好像自己体内有棵树在伸根展枝苗壮生长并强行扩张，从而压迫我的五脏六腑、肌肉皮骨。这种感觉使我一阵阵胸闷，甚至无法成眠。

我每星期见一次岛本。送女儿接女儿，每星期抱几次妻。同岛本相见以后，我抱有纪子比以前频繁了。但不是出于内疚，而是想通过抱有纪子并被有纪子抱来将自己勉强拴在什么地方。

"嗳，怎么回事，近来你是有点不正常哟！"一天下午我抱完她之后，有纪子对我说道，"还没听说过男人三十七岁性欲突然变强的。"

"谈不上什么强不强，一般。"我说。

有纪子看了一会儿我的脸，轻轻摇了下头："得得，真不知你脑袋里到底装的什么。"

空闲下来我便一边听西方古典音乐，一边从客厅窗口呆呆地打量青山墓地。不再像以前那样看书了，埋头看书渐渐变得困难起来。

同开梅赛德斯 260E 的年轻女子那以后也碰上几次。在等女儿从幼儿园大门出来的时间里，两人不时聊几句。聊的大体是只有住在青山附近的人才能沟通的日常闲话：哪里的超市停车场哪段时间比较空啦，哪里的意大利餐馆因换了厨师而味道变差啦，明治屋百货商店下个月有进口葡萄酒减价日啦，等等。罢了罢了，我暗自思忖，这岂不成了主妇们的"井边聊天会"了！总之这类内容是我们交谈的惟一共同话题。

四月中旬岛本再次停止露面。最后那次见面，我们坐在"罗宾斯·内斯特"吧台旁说话来着。不巧快十点时，另一家酒吧打来电话，我必须过去一趟。"大约三四十分钟后回来。"我对岛本说。"好的，没关系，只管去就是。我看书等着。"岛本笑道。

处理完事急急赶回一看，吧台旁已没了她的身影。时针刚过十一点。她在店里的火柴盒背面给我写了留言放在台面上："大概往后一段时间不能来这里了。这就得回去。再会。多保重。"

此后一段时间，我心里空落落的，不知干什么好。我在家里莫名其妙地转来转去，上街东游西逛，很早就去接女儿，并同260E女子闲聊，甚至同她去附近咖啡馆喝咖啡。聊的仍是那些：纪之国屋的蔬菜、天然屋的受精鸡蛋、米奇屋的减价日，等等。她说她是"稻叶贺惠"①服装迷，季节到来之前通过样品目录将需要的全部买下。接着又谈起原先位于表参道派出所附近、现已不见了的一家美味鳗鱼餐馆。如此聊着，我们相当要好起来。从外表倒看不出来，其实她性格相当爽快。但我对她没有性方面的兴趣，我不过是想找人——无论是谁——说话罢了。而且我需要的是尽可能不咸不淡的交谈，是无论如何都不至于将我同岛本联系起来的交谈。

无事可干时，我便去商店购物。有一次买了六件衬衫。为女儿买玩具买偶人，为有纪子买服饰。还到宝马展销厅去了好多次，对着 M5 左看右看。本来无意购买，却听取了推销员不厌其详的介绍。

如此心神不定了几个星期之后，我又得以把精力投入工作之中。毕竟不能长此以往。我找来设计师和专业装修工，商量如何重新装修酒吧。已经到了改变装修样式、重新研究经营方针的阶段。大凡开店都有稳定期和求变期，同人一样。若同一环境持续太久，任何东西的活力都要逐步减退。稍前一些时间

---

① "稻叶贺惠"：日本知名服装设计师，1981 年以自己名字命名的这一品牌。

我便已隐约感到差不多该寻求变化了。空中花园是决不至于令人生厌的。我决定先部分改造第一家酒吧,更换实际用起来并不好用的设备,去掉原先出于设计风格优先的考虑而不得不保留的不便之处,以期更符合功能需要。音响设备和空调设备也到了必须全面检修的时候。另外食谱也要做大幅度调整。开工之前我听取了每一位员工的现场感受,就何处如何修改详细列了一份清单,结果清单相当之长。我把自己脑海中形成的新店具体图像细细讲给设计师听,让他据此画出图纸,画罢又提出要求,请其重新画图,如此反复了多次。我逐一琢磨材料,让材料商报出价格,依据价格一一核查材料品质。为挑选卫生间的一块台面板,我整整用了三个星期。三个星期里,我跑遍东京城所有店铺找那块理想的台面板。这类活计使我忙得一塌糊涂,而这正是我求之不得的。

五月过去,六月转来,然而岛本仍未出现,我猜想她已一去不复返了。她写道"大概往后一段时间"不能来了。"大概"和"一段时间"这两个暧昧的说法以其暧昧性折磨着我。她有可能什么时候再次返回,但我总不能眼巴巴坐在那里枯等这"大概"和"一段时间"。这样的日子倘若持续下去,不久我势必变得失魂落魄。总之，我时刻让自己处于冗忙之中，以使神经高度集中。我比以前更频繁地去游泳池，每天早上都差不多一口气游完两千米，之后在楼上体育馆做举重运动。如此不到一星期，肌肉便叫起苦来，开车等信号灯时左腿痉挛，甚至无法立即踩动离合器踏板。但为时不久，肌肉便理所当然似的接受了这个运动量。紧张的工作使我没工夫想入非非，而每天坚持锻炼又给了我日常性的工作精力。于是我不再虚度光阴，无论做什么都尽可能全力以赴。洗脸时认真洗脸，听音乐时认真听音乐。其实也只有这样我才能好端端地活下去。

到了夏天，周末我带上有纪子和孩子去箱根别墅过夜。离开东京置身于大自然之中，妻和女儿都显得怡然自得。母女三人或采花，或用望远镜观察小鸟，或追逐嬉戏，或在河里戏水，或只是一起悠悠然躺在院子里。不过，我想她们对实情一无所知。那个下雪的日子假如飞往东京的航班取消，没准我就一切抛开不管而直接同岛本两人远走高飞了。那天我是可以孤注一掷的，工作也好家庭也好钱财也好，一切都可以轻易地抛去九霄云外。即使现在我都还在想岛本，真真切切地记得搂岛本的肩和吻她脸颊时的感触，而且在同妻做爱的过程中，也无法将岛本的形象逐出脑海。谁也不知晓我真正何所思何所想，如同我不知晓岛本何所思何所想一样。

我把暑假时间用来改装酒吧。妻同两个女儿去箱根的时间里，我独自留在东京，在装修现场一一指点。得闲便去游泳池，继续在体育馆举重。周末去箱根，和两个女儿一起在富士屋宾馆的游泳池游泳，游罢吃饭，夜里拥妻睡觉。

虽说我即将进入人们称之为中年的年龄段，但身上全然没有多余脂肪，头发见疏的征兆也未出现，白发一根都没有。由于坚持体育运动的关系，体力上也没觉出怎么衰减。生活有条不紊，注意不暴饮暴食，病患从不沾身，从外表上看也就三十出头。

妻喜欢碰我的裸体。喜欢碰我的肌肉、摸我扁平扁平的腹部、摆弄我那东西。她也开始去体育馆认真锻炼，但她身上多余的脂肪横竖赖着不走。

"遗憾呐，到年纪了。"她喟叹一声，"就算体重减轻，侧腹的肉也怎么都掉不了。"

"不过我喜欢你这身子的，何苦费那么大劲减肥和锻炼呢。就这样也未尝不可嘛，又不是很胖。"我说，并且并非说谎。我喜欢她那多了一层薄薄脂肪的软乎乎的肢体，喜欢抚摸她的裸背。

"你还什么都不明白啊，"说着，有纪子摇摇头，"就这样也未尝不可，说起来轻松。可为了维持'就这样'，我不知费了多大力气。"

在别人看来，这或许是十全十美的人生，甚至在我自己眼里有时都显得十全十美。我满腔热情地致力于工作，获取了相当多的收入。在青山拥有三室一厅住房，在箱根山中拥有不大的别墅，拥有宝马和切诺基吉普，而且拥有堪称完美的幸福的家庭，我爱妻子和两个女儿。我还要向人生寻求什么呢？纵使妻子和女儿来我面前低头表示她们想成为更好的妻子和女儿、想更被我疼爱，希望我为此不客气地指出下一步她们该怎么做，恐怕我也没什么可说的。我对她们确实没有一点不满，对家庭也没有任何不满，想不出比这更为舒适的生活。

然而在岛本不再露面之后，我时不时觉得这里活活成了没有空气的月球表面。岛本不在，我可以敞开心扉的场所便也不在了，纵然找遍天涯海角。不眠之夜，我不知多少次在床上静静地想起那雪花纷飞的小松机场。但愿记忆在反复想起的过程中磨损一尽。然而记忆丝毫没有磨损，反而愈发历历在目：机场显示牌上全日空飞往东京的航班推迟起飞的通知出现了。窗外雪花沸沸扬扬，五十米开外茫无所见。岛本紧抱双臂一动不动坐在长椅上。她身穿海军呢短大衣，脖子上围着围巾，身上漾出泪水味儿和哀戚，这我现在都能嗅到。妻在身旁发出恬静的睡息。她完全蒙在鼓里。我闭目摇头。她完全蒙在鼓里。

　　我想起在停业的保龄球馆停车场里将融化的雪水嘴对嘴送入岛本口中的情景，想起飞机座位上搂在自己臂弯里的岛本，想起那闭合的眼睛和叹息似的微微张开的双唇。她的身体那般绵软那般有气无力。那时她的确是在需要我，她的心已为我打开。然而我在那里裹足不前，在月球表面一般空旷寂寥没有生命的世界里止住脚步。不久岛本告离，我的人生再次失去。

　　鲜明的记忆导致夜半失眠，有时深夜两三点醒来就再也无法入睡。这时我便下床走去厨房，往杯里倒威士忌喝着。窗外可以望见黑魆魆的墓地和从窗下的公路疾驰而过的汽车前灯。我手拿酒瓶凝目注视眼前的光景。联结子夜和黎明的时间又黑又长，有时我甚至想道，若能哭上一场该何等畅快。但不知为何而哭，不知为谁而哭。若为别人哭，未免过于自以为是；而若为自己哭，年龄又老大不小了。

　　秋天接踵而至。秋天来时，我的心大体安稳下来了。这样的生活不能永远持续下去——这是我的最终结论。

13

　　早上把两个女儿开车送去幼儿园，我一如往常去游泳池游了两千米，边游边想象自己成了鱼。普普通通的鱼，什么也不想的鱼，连游泳都不想的鱼，而仅仅存在于此、仅仅是我自身即可。这便是我之所以为鱼的意义。从游泳池上来就淋浴，换上 T 恤和短裤，举重。

　　之后去住处附近作为办公室租用的单间公寓，整理两家酒吧的账簿，计算员工酬金，修改预定来年二月开工的"罗宾斯·内斯特"改装工程。一点回家，照例同妻两人吃午饭。

　　"噢，对了，早上父亲打来电话。"有纪子说，"还是风风火火的电话，总之是关于股票的。叫买一只股票，说绝对赚钱。靠的仍是那个绝密股票情报。不过父亲说这个实在特殊得很，非同一般。这回不是情报，是事实。"

"既然保准赚钱，父亲何必告诉我，自己买下不就得了！干嘛没那么做呢？"

"说是对你的酬谢，纯属私人酬谢，父亲说这么一讲你就明白了。指的什么我倒不晓得。所以父亲特意把他自己的持有股转到这边来了，说大凡能动用的资金来个倾巢而出，别有顾虑，保证赚钱。若是不赚，亏的由他补上。"

我把叉子放在通心粉盘子上，扬起脸："那么？"

"由于叫快买，越快越好，我就给银行打电话取出两笔定期存款，转给证券公司的中山先生，让他马上投到父亲指定的股票上去。眼下只动用了八百万。是不是多买些更好？"

我喝了口杯里的水，斟酌该说出口的词句。"我说，那么做之前怎么没跟我商量一句呢？"

"商量？你不是经常按父亲说的买股票的吗？"她露出诧异的神色，"何况让我买也不止一回两回，叫我只管照买就是，所以这回我才那么做的嘛。父亲说买得越快越好我才买的。再说你去了游泳池，没联系上。有什么不妥吗？"

"啊，算了，这回。不过今天早上买的全部卖掉可以么？"我说。

"卖掉？"有纪子像看什么晃眼东西似的眯细眼睛盯视我的脸。

"今天买的统统抛出，退回银行存定期。"

"可那样一来，光是股票交易手续费和银行手续费都要损失不少的哟！"

"无所谓。"我说，"手续费付了就行了嘛，损失也无所谓。反正把今天买的部分整个卖出就是。"

有纪子叹口气说："我说你，上次跟父亲有了什么事情不成？莫非卷进莫名其妙的事里去了，因为父亲的缘故？"

我没有回答。

"是有什么了吧？"

"有纪子，坦率地说，对这类名堂我渐渐有些厌烦了，"我说，"没其他原因。我不想靠股票赚什么钱。我要自己劳动，用自己的手找钱。我不是一向这么干得挺好吗？花钱上从来没让你吃紧，不是吗？"

"嗯，那我当然清楚。你干得非常出色，一次我都没抱怨过。我感谢你，甚至尊敬你。但那是那，这次是父亲好意告诉的，他只是想关照你罢了。"

"这我知道。不过，你以为绝密情报到底是什么？绝对赚钱究竟怎么回事？"

"不知道。"

"就是股票炒作。"我说，"知道么？在公司内部故意炒作股票，人为地获取暴利，同伙瓜分，并使那部分钱流入政界，成为企业黑金。这和父亲以前向我们推荐的股票情形多少不同。以前的是大概能赚的股票品种，不过出自有利信息罢了。大体赚了，但也不是没有受挫的。可是这回的不一样，这回我觉得味道有点不对，我不愿意参与，可能的话。"

有纪子手拿叉子沉思良久。

"可那真是你说的那种不正当股票炒作不成？"

"要是真想了解，你去问父亲好了。"我说，"不过，有纪子，有一点可以断言：世上哪里也不存在绝对不亏的股票。如果有，那便是不正当交易的股票。我的父亲在证券公司干了差不多四十年，直到退休。起早贪晚干得非常卖力。可说起他身后留下的，只有小得不成样子的一座房子。肯定是天生脑袋不开窍的缘故吧。我母亲每天晚上盯着家庭开支簿算账，有一两百元收支对不上号都抱着脑袋发愁。知道么，我就是在这样的家庭长大的。你说眼下才有八百万可动，可是有纪子，这可是实打实的钱，不是专卖游戏场上用的纸票。就一般人来说，整天挤满员电车上班，再尽量加班辛辛苦苦干上一年也难挣到八百万。那样的日子我也过了八年。一年收入当然没有八百万，八年干完，那个数字也不过梦中之梦罢了。你想必不懂那是怎样的生活。"

有纪子什么也没说，只是咬紧嘴唇，定睛注视桌上的碟盘。我意识到自己的声音比平时高了，遂压低嗓门。

"你若无其事地说投资半个月钱就保准翻一番，八百万变成一千六百万。但我认为这种感觉有某种错误，而且我也在浑然不觉之间被这种错误一点点吞噬进去。大约我本身也在助长这种错误。近来我觉得自己正在一步步变成空壳。"

有纪子隔着餐桌目不转睛地注视着我。我不再说了，接着吃饭。我感到自己身上有什么在颤抖，至于那是焦躁还是气恼，自己也不明白。但无论是什么，我都无法使颤抖中止下来。

"对不起。帮倒忙的念头我倒是没有的。"许久，有纪子以平静的声音说。

"可以了。我不是责怪你，也不是责怪任何人。"我说。

"这就打电话，把买的那份一股不剩卖掉。所以你不要那么生气。"

"哪里是生什么气。"

我们默默地继续吃饭。

"我说，你是不是有什么话想跟我说？"有纪子盯着我的脸，"要是心里有什么想法，直截了当地跟我说了好么？即使不好开口的也没关系。只要我能做的，一定尽力而为。我自然不是那么了不起的人，世事也好经营上的事也好都不大明白，可我反正不希望你变得不幸，不希望你一个人那么愁眉不展。眼下的生活你可有什么不遂心的地方？"

我摇头道："不遂心的根本没有。我喜欢现在的工作，觉得有干头，当然也喜欢你。只是有时候跟不上父亲的节拍。从个人角度上讲我并不讨厌他，这次的事也还是把他的好意作为好意来接受。所以并非生什么气。只是有时候弄不清楚自己这个人，不知自己做的事究竟对还是不对，为此感到困惑不解。不是什么生气。"

"可看起来好像在生气。"

我叹了口气。

"还动不动这样叹气。"有纪子说，"总之看上去，你近来有点心烦气躁，时常一个人闷闷地考虑什么。"

"我也莫名其妙啊！"

有纪子视线没从我脸上移开。

"你肯定在考虑什么，"她说，"但我不知道那是什么。要是能帮上忙就好了……"

我突然涌起一股强烈的冲动，恨不得向有纪子一吐为快。若能将憋在自己心里的话一五一十和盘托出该是何等痛快啊！那样我就再也无须遮遮掩掩，无须逢场作戏，无须说谎骗人。喂，有纪子，其实我是另外有了喜欢的女人，无论如何也忘不了她。好几次我都悬崖勒马，为了保护你和孩子所在的这块园地而悬崖勒马。但这已是最后极限，往下再也收勒不住。下次她再出现，天塌地陷我都非抱她不可，实在忍无可忍了。有时候一边抱你一边想她，甚至想着她自慰。

然而，我当然什么也没说。即使现在对有纪子如实道出也全然无济于事，说不定只能使全家陷入不幸。

饭后我回办公室继续工作。可是已经无法埋头工作了。自己对有纪子说话时采取了超出必要限度的高压姿态，而这使自己的心情糟到了极点。我所说的事情本身或许无可厚非，但那理应从更可钦佩的人口中说出。而我向有纪子说谎，背着她见岛本——我压根儿没资格对有纪子发那番堂而皇之的议论。有纪子真心实意地为我担心，这点显而易见，一以贯之。相比之下，自己的生活方式中果真存在着堪可称道的类似一贯性和信念的东西吗？如此思来想去之间，我已完全没了做事的心绪。

我脚搭桌面，手拿铅笔，怅然若失地久久眼望窗外。办公室窗外可望见公园，若天气好，公园里可以望见几个领小孩的大人。孩子们在沙坑或滑梯上玩耍，母亲们一边斜视照看一边聚在一起聊天。公园里玩耍的小孩子使我想起自己的女儿。我很想见两个女儿，想一只胳膊抱一个在路上散步，想切切实实感受她们温暖的肉团儿。但考虑女儿的时间里我想起了岛本，想起她那微微张开的嘴唇。岛本的图像要比女儿们的真切得多。而一考虑岛本，其他的便一概考虑不成了。

我离开办公室走上青山大街，步入常用来同岛本碰头的那家咖啡馆喝咖啡。我在此看书，看累了就想岛本，回忆在这家咖啡馆里同岛本交谈的片断，回忆她从手袋里取出"沙龙"用打火机点燃的情景，回忆她不经意地撩一把额前的头发、略微低头微笑的样子。但不久独自坐得累了，遂去涩谷散步。我原本喜欢在街上走着打量各式各样的建筑和店铺，喜欢看人们忙于生计的身姿，喜欢自己的双腿在街上移行的感觉。然而此时此刻环绕我的一切无不显得死气沉沉、虚无缥缈，似乎所有的建筑都摇摇欲坠，所有的街树都黯然失色，所有男女都抛弃了水灵灵的情感和活生生的梦幻。

我找人最少的电影院进去，纹丝不动地盯视银幕。电影放完后，我走上暮色中的街头，跨入眼睛最先看到的饭馆简单吃了晚饭。涩谷站前给下班的公司职员挤得水泄不通，电车宛如快镜头电影一般一辆接一辆赶来，吞进月台上的男男女女。如此说来，我就是在这一带发现岛本的，已是十年前的事了。那时我二十八，还单身，岛本也还拖着腿。她身穿红色大衣，戴一副大太阳镜，从这里往青山走去。感觉上竟好像发生在久远的往昔。

我依序回忆当时看到的情景：年末的人群、她的脚步、一个个拐角、阴沉沉的天空、她手里提的商店纸袋、一下也没碰的咖啡杯、圣诞颂歌。我再次后悔：自己那时为什么没能果断地向岛本打招呼呢？那时的我没有任何羁绊，没有任何可以抛弃的东西。我甚至可以当场将她一把搂紧，两人直接跑去什么地方。就算岛本有什么具体情况，至少也是能够千方百计加以解决的。然而我彻底坐失良机，被那个奇特的男子抓住臂肘，岛本趁机钻进出租车一逃了之。

　　我乘傍晚拥挤的电车返回青山。我在电影院的时间里，天气陡然变坏，天空被含有水汽的沉甸甸的阴云遮蔽起来，看样子随时有可能下雨。我没有带伞，身上仍是早上去游泳时的装束：游艇用防风衣、蓝牛仔裤、轻便运动鞋。本该回家一次，换上平时穿的西装，但我懒得回家，心想免了吧，一两次不系领带进店也不至于损失什么。

　　七点雨下了起来，静悄悄的秋雨，看样子要稳扎稳打下个没完。我一如往常先去第一家酒吧看了一下上客情况。装修工程由于事前制定了详细计划，加之施工期间我一直在场，因此细小部位都实现了我的构思，使用起来比以前方便多了，格调沉稳多了。照明光线柔和，音乐与之浑然一体。我在新店最里边开设了独立的烹调室，请了专业厨师。食谱简单而考究，虽无多余的附属物，但外行人绝对做不出来。这是我的基本方针。而且必须是吃起来不费事的东西，因为终究是下酒菜。食谱每月全部更换一次。物色能做出我所希望的菜肴的厨师并非易事，最后找是找到了，但必须付给高额酬金，比预算高出许多。好在他不负酬金，我很满意他的工作。客人看上去也心满意足。

时过九点，我打着店里的伞去"罗宾斯·内斯特"。九点半岛本来了。不可思议，她每次来时都是静静的雨夜。

14

　　岛本在白连衣裙外面披了一件宽宽大大的海军蓝夹克，夹克领子上别一枚小小的鱼形银饰针。连衣裙虽然式样简单之极，又无任何装饰，但穿在岛本身上显得无比高雅和具有装饰意味。同上次见时相比，她似乎多少晒黑一点儿。

　　"以为你再不来了呢。"我说。

　　"每次见我都这么说。"岛本笑道。她仍像以往那样坐在我旁边的吧台高脚椅上，双手置于台面。"不是留言说大概一段时间来不成了吗？"

　　"这一段时间，岛本，对于等的人来说却是很难计算长度的。"我说。

　　"不过需要用这一说法的情况也是有的——只能用此说法的场合。"

"而且大概也很难计算重量。"

"是啊，"说着，她脸上浮现出以往那种淡淡的微笑，笑得仿佛远处什么地方吹来的轻柔的风。"是如你所说，抱歉。但不是我自己辩解，是没有办法。我只能用那样的说法。"

"用不着什么道歉。以前也说过，这里是店、你是客人，你想来时来就是，对此我已经习惯了。我只是自言自语罢了，你不必介意。"

她叫来调酒师，要了杯鸡尾酒，然后就像检查什么似的上上下下看了我半天，"少见，今天打扮得一身轻松嘛。"

"还是早上去游泳时那一身，没时间换。"我说，"不过偶一为之也不坏，觉得像是找回了自己的本来面目。"

"显得年轻，怎么都看不出有三十七。"

"你也怎么都看不出有三十七嘛。"

"可也不至于像十二。"

"不至于像十二。"我说。

鸡尾酒端来，岛本啜了一口，像倾听什么低微声响似的悄然闭上眼睛。她一闭眼，我又得以看见她眼睑上那条细线。

"我说初君，我时常想这里的鸡尾酒来着，想喝。喝哪里的鸡尾酒都跟在这里喝的多少有所不同。"

"去很远的地方了？"

"何以见得？"岛本反问。

"看上去好像。"我说，"你身上总像有那样的气息——长时间去很远很远地方的气息。"

她扬脸看我，点了下头。"嗳，初君，长时间里我……"说到这里，她猛然想起什么似的打住了。我打量她搜肠刮肚的样子。但似乎未能找出词句。她咬住嘴唇，旋即又是一笑："对不起，总之。本该联系一下才是。但某种东西我是不想触动的，想原封不动保存在那里。我来这里或不来这里——来这里时我在这里，不来这里时……我在别处。"

"没有中间？"

"没有中间。"她说，"为什么呢，因为那里不存在中间性的东西。"

"不存在中间性的东西的地方，也不存在中间。"我说。

"是的，不存在中间性的东西的地方，也不存在中间。"

"一如不存在狗的地方，狗舍也不存在。"

"是的，一如不存在狗的地方，狗舍也不存在。"岛本说。然后好笑似的看着我。"你这人还蛮有幽默感嘛。"

钢琴三重奏乐队开始演奏《STAR CROSSED LOVERS》。我和岛本默默听了一会儿。

"嗳，提个问题好么？"

"请。"

"这支曲可跟你有什么关系？"她问我，"好像你一来这里就必定奏起这支曲。是这儿的一项什么规定不成？"

"算不上什么规定，演奏它只是出于好意——他们知道我喜欢这支曲。所以我在的时候时常演奏。"

"好曲子！"

我点点头。

"好得很。不光好，还很复杂，听几遍就听出来了。不是谁都随便演奏得了的。"我说，"《STAR CROSSED LOVERS》，埃林顿公爵和彼利·斯特雷霍很早以前创作的，一九五七年吧。"

"《STAR CROSSED LOVERS》，"岛本说，"什么意思呢？"

"灾星下出生的恋人们，不幸的恋人们。英语里有这样的

198

说法。这里指罗密欧与朱丽叶。埃林顿和斯特雷霍为了在安大略莎士比亚节上演奏而创作了包括这支曲在内的组曲。原始演奏中，约翰尼·霍吉斯的中音萨克斯管演奏朱丽叶，保罗·贡萨维斯的高音萨克斯管演奏罗密欧。"

"灾星下出生的恋人们，"岛本说，"简直像为我们作的曲子，嗯？"

"我们是恋人么？"

"你认为不是？"

我观察岛本的表情。她脸上已不再有微笑现出，惟见瞳仁里闪着微弱的光。

"岛本，我对如今的你还一无所知。"我说，"每次看你的眼睛我都这样想，对你我还一无所知。勉强算是知道的，只是十二岁时的你，住在附近的、同班的岛本。这距今已过去了二十五年。还是流行扭摆舞、有轨电车跑来跑去年代的事，没有盒式磁带没有内置卫生棉条没有减肥食品年代的事，地老天荒了！而那时的你以外的情况，我几乎一无所知。"

"我眼睛里那样写着了？写着你对我一无所知？"

"你眼睛里什么也没写的。"我说，"写在我眼睛里：我对你一无所知。只不过映在你眼睛罢了，用不着介意。"

"初君，"岛本说，"什么都不能跟你说，我实在过意不去，真这么觉得的。可那是没办法的事，一筹莫展啊。所以什么也别再说了可好？"

"刚才也说了，纯属自言自语。你别往心里去。"

她把手放在领口，手指久久摸着鱼形饰针，一声不响地倾听钢琴三重奏。演奏结束，她鼓掌，喝了口鸡尾酒，随后长叹一声，看我的脸。"六个月时间实在够长的了。"她说，"不过反正往后一段时间大概是能来这里的，我想。"

"magic word①."我说。

"magic word？"

"大概和一段时间。"

岛本浮起微笑看着我，然后从小手袋里取出香烟，用打火机点燃。

"看你，有时觉得就像看遥远的星星。"我说，"看起来非常明亮，但那种光是几万年前传送过来的。或许发光的天体如

---

① magic word：魔语，魔术语。

今已不存在了，可有时看上去却比任何东西都有现实感。"

岛本默然。

"你在那里，"我说，"看上去在那里，然而又可能不在。在那里的没准只是你的影子，真实的你说不定在别的什么地方。或者已消失在遥远的往昔也未可知。我越来越不明白怎么回事。伸出手去确认，但每次你都用'大概'和'一段时间'的迷雾倏地掩住身体。我说，这要持续到什么时候呢？"

"大概不会久吧。"

"你有一种不可思议的幽默感。"说罢，我笑了。

岛本也笑了。那是雨后最初的阳光从悄然裂开的云隙中泻下般的微笑。眼角聚起的温馨的鱼尾纹，似乎给我以美好的承诺。"喂，初君，有礼物给你。"

她把一件包着漂亮的包装纸、打着红色礼品结的礼物递到我手上。

"好像唱片嘛。"我掂掂重量说。

"纳特·金·科尔的唱片，以前两人经常一块儿听来着。亲切吧？让给你。"

"谢谢。可你不需要吗？父亲留下的纪念品吧？"

"另外还有好几张，没关系的。这个给你。"

我定睛细看这包在包装纸里打着礼品结的唱片。于是，人们的嘈杂声和钢琴三重奏恰如急速撤退的潮水一般远远遁去，留在这里的惟独我和岛本两人，其他一切无非幻影而已。这里既无一贯性又无必然性，不过是纸糊的舞台装置罢了。真正存在于此的只有我和岛本。

"岛本，"我说，"两人找地方听听这个好么？"

"真能那样，肯定妙不可言！"她说。

"我在箱根有座小别墅，那里谁也没有，又有唱机。这个时间，开车一个半小时就能到。"

岛本看一眼表，转而看我："这就去？"

"这就去。"我说。

她像看远处什么景物时那样眯缝着眼睛看我。"现在都十点多了。去箱根再回来可就相当晚了，你不要紧？"

"我不要紧。你呢？"

她再次看表，之后闭目十秒钟。再睁开时，脸上现出了某种新的神情，仿佛闭目时间里她去了远处什么地方，把什么放在那里后又赶了回来。"好的，去吧。"她说。

我叫来负有类似经理责任的雇员，交代说自己今天这就回去，往下的事由他负责，"关上现金出纳机，整理账单，把营业额放进银行夜间保险柜就可以了。"然后我走去公寓地下停车场开出宝马，又从附近的公共电话亭给妻打电话，说这就去箱根。

　　"这就去？"她吃了一惊，"何苦现在去什么箱根？"

　　"想考虑点儿事情。"我说。

　　"那么就是说今天不回来了？"

　　"大概不回来了。"

　　"我说，"妻子说道，"今天的事很对不起。我想了很多，怪我不好。你说的的确有道理。股票已全部处理妥当，所以你还是回家来。"

　　"喂，有纪子，我不是在生你的气，根本没有生气，这件事你不必介意。我只是想考虑一些事情，让我考虑一个晚上就行了。"

　　她沉默一会儿，说明白了。声音听起来甚是疲惫。"那好，就去箱根吧。不过开车要小心，下着雨呢。"

　　"小心就是。"

“很多事情我都搞不清楚。”妻子说，“你觉得我是在给你添麻烦？”

“哪里是添麻烦！你没有任何问题，也没有责任。如果说有问题，是在我这方面。所以你不必想那么多。我只是想清理一下思绪。”

我挂断电话，开车回店。想必有纪子那以后一直在考虑午饭桌上我们谈的话，考虑我说的话，考虑她自己说的话。这从她的声调中听得出，声调疲惫而困惑。想到这里，我心里一阵难受。雨仍在执拗地下着。我让岛本上车。

“你不跟什么地方联系一下行么？”我问岛本。

她默默地摇头，随后像从羽田回来时那样脸贴窗玻璃盯视窗外。

去箱根的路上车很少。我在厚木驶下东名高速，沿小田原厚木公路径直往小田原开去。时速表的指针总在一百三至一百四之间晃来晃去。雨不时加大势头，但毕竟是跑过多少次的路，我记得住途中所有的拐弯和上下坡。驶上高速公路之后，我和岛本差不多没再开口。我用低音量听莫扎特的四重奏，集中精神开车。她一动不动地眼望窗外，似乎在沉思什么，时而转向我，盯视我的侧脸。给她那么盯视起来，我口中不由干得沙沙直响，不得不连吞唾液使自己保持镇定。

"嗳，初君，"她说，这时我们正在国府津一带疾驰，"在店外你不怎么听爵士乐？"

"是的，不怎么听，一般听的是古典。"

"为什么？"

"大概是因为我把爵士乐算到工作里去了吧，出了店门就想听点别的。除了古典，有时也听摇滚，但爵士乐很少听。"

"太太听什么音乐？"

"她自己基本不听音乐，我听时才一起听，主动放唱片的时候几乎没有过。估计唱片怎么放都不知道。"

她把手伸进磁带盒，拿起几盘细看。其中也有我和女儿一起听的儿歌，如《警犬》和《郁金香》之类，我们在去幼儿园或回来的路上时常随着哼唱。岛本把贴有史努比漫画标签的一盘磁带拿在手上好奇地看了半天。

看罢，她又盯视我的侧脸。"初君，"稍顷她开口道，"这么从旁边看你开车，有时很想伸手抓住方向盘猛地打转。那一来怕是要没命的吧？"

"笃定呜呼哀哉。时速一百三十公里嘛。"

"不愿意和我一块儿死？"

"那可算不上光明正大的死法。"我笑道，"再说唱片还没听呢。我们是来听唱片的吧？"

"别怕，不会那么做的。"她说，"不过是一闪之念，时不时地。"

虽是十月初，但箱根的夜晚还是相当凉的。到得别墅，我打开灯，打开客厅的煤气取暖炉，从餐具橱里拿出白兰地杯和白兰地。一会儿房间暖和了，两人便像过去那样并坐在沙发上，把纳特·金·科尔的唱片放在唱机盘上。炉火烧得正红，火光映在白兰地酒杯上。岛本把双腿提上沙发，折叠在臀下坐着，一只手搭在沙发背上，另一只放在膝头，一如往日。那时的她恐怕是不大想给人看见腿的，而作为习惯，即使在动手术治好了腿的现在也还保留着。纳特·金·科尔唱起《国境以南》，实在是久违了。

"说实话，从小听这首歌就觉得奇怪：国境以南到底有什么呢？"我说。

"我也是。"岛本应道，"长大以后看了英文歌词，不禁大失所望，不过是墨西哥一首歌曲罢了。原以为国境以南有什么了不得的东西呢。"

"比如说有什么？"

岛本抬手把头发撩到脑后轻轻挽起。"不知道啊。该是非常漂亮、又大又柔软的东西吧。"

"非常漂亮、又大又柔软的东西，"我说，"能吃不成？"

岛本笑了，隐隐现出嘴里洁白的牙齿。"大概不能吃吧，我想。"

"能摸？"

"我想大概能摸。"

"大概好像太多了。"我说。

"那里是大概多的国家嘛。"

我伸出手，触摸她放在沙发背的手指。实在好久没碰她的身体了，在从小松机场飞往羽田机场的飞机上碰过，打那以后这是第一次。一摸她的手指，她略微扬脸看我一眼，又马上低下头去。

"国境以南，太阳以西。"她说。

"什么呀，太阳以西？"

"有那样的地方。"她说，"听说过西伯利亚臆病么？"

"不晓得。"

"以前从哪本书上看过，初中时候吧。什么书想不起来了……反正是住在西伯利亚的农夫患的病。喏，想象一下：你是农夫，一个人住在西伯利亚荒原，每天每天都在地里耕作，举目四望一无所见。北边是北边的地平线，东边是东边的地平线，南边是南边的地平线，西边是西边的地平线，别无他物。每天早上太阳从东边的地平线升起，你就到田里干活；太阳正对头顶时，你收工吃午饭；太阳落入西边的地平线时，你回家睡觉。"

"听起来同在青山左近经营酒吧的人生模式大不相同嘛。"

"是的吧，"她微微一笑，稍稍歪了歪头，"是大不相同吧。而且年复一年日复一日都是这样。"

"可西伯利亚冬天能耕种吗？"

"冬天休息，当然。"岛本说，"冬天待在家里，做家里能做的活计。等春天一来就外出做田里的活儿。你就是那样的农夫，想象一下！"

"想象着呢。"我说。

"有一天，你身上有什么死了。"

"死了？什么死了？"

她摇头道："不知道，反正是什么。太阳从东边的地平线
升起，划过高空落往西边的地平线——每天周而复始目睹如此
光景的时间里，你身上有什么突然咯嘣一声死了。于是你扔下
锄头，什么也不想地一直往西走去，往太阳以西。走火入魔似
的好几天好几天不吃不喝走个不停，直到倒地死去。这就是西
伯利亚臆病。"

我在脑际推出趴在地上就势死去的西伯利亚农夫。

"太阳以西到底有什么呢？"我问。

她再次摇头："我不知道。也许那里什么也没有，或者有
什么也不一定。总之是个同国境以南多少不同的地方。"

纳特·金·科尔唱起《装相》，岛本也低声随着唱了起
来，一如过去常唱的那样。

Pretend You are happy when You're blue. It isn't very hard

to do.

"喂，岛本，"我说，"你不在以后，我一直考虑你来着，差不多半年。六个来月每天从早到晚考虑你。也想停止考虑，但无论如何也停不下来。最后这样想道：我再也不希望你去任何地方，没有你我活不下去，再也不想让你从我眼前失去，再也不想听到什么一段时间，大概也不想听。我就是这样想的。你说了句一段时间见不到就去了哪里，可你是不是还回来却不晓得，谁都不晓得，什么保证都没有。你很可能一去不复返，我很可能再也见不到你而了此一生。这么一想，我真有些坐立不安，周围一切都好像失去了意义。"

岛本默不作声看着我，始终面带一成不变的浅浅的笑意。那是绝对不受任何干扰的怡静的微笑，我无法读出其中的情感。这微笑深处应该潜在着什么，但任何蛛丝马迹都没有向我显露。每次面对这微笑，一瞬间我都似乎迷失了自己的情感，全然搞不清自己位于何处，向何方行进。但我还是耐心找出自己应出口的话语。

"我是爱你的，确实爱你。我对你怀有的感情是任何别的

210

东西所无法替代的。"我说,"那是特殊的东西,是不可再次失去的东西,这以前我几次眼睁睁地失去了你,但那是不应该的,是错误的。我是不应该失掉你的。几个月来我彻底想通了:我的的确确爱你,我无法忍耐没有你的生活,再也不希望你去任何地方。"

听我说完,岛本好半天闭目一声不响。炉火继续燃烧,纳特·金·科尔继续唱老歌。我想补充点什么,却无话可说。

"嗳,初君,好好听我说,"岛本终于开口了,"这是至关重要的事,好好听着。刚才我也讲了,在我是不存在所谓中间的。我身上不存在中间性的东西。不存在中间性的东西的地方也不存在中间。所以对你来说,或全部收留我,或全部舍弃我,二者必居其一。这是基本原则。如果你认为眼下这种状况持续下去也没关系,我想是可以持续的。至于能持续到什么时候我也不知道,但我可以为其持续而竭尽全力。如果我能来见你我就来见,为此我也会付出相应的努力。但不能来见时就不能来,而不可能想什么时候来就什么时候来,这点是很明确的。但如果你不喜欢这样,不希望我再去别处,那么你就必须全部收留我,上上下下里里外外全部,连同我拖曳的和我担负的。同时我也收留你的全部，全部！这个你可明白？明白这意味着什么？"

"明明白白。"我说。

"那么你仍然真想同我在一起？"

"这我已经决定了，岛本。"我说，"你不在的时间里我不知就此考虑了多少次，已经下定了决心。"

"可是初君，你太太和两个女儿怎么办？你不是爱太太和女儿的吗？你应当是很珍惜她们的。"

"我是爱她们，非常爱，非常珍惜，的确如你所说。同时我也明白——仅仅这样是不够的。我有家室，有工作。两方面我都没有什么不如意，迄今为止两方面都顺顺利利。说很幸福也未尝不可。但是，仅仅这样是不够的，我明白这点。一年前见到你以后，我清楚地明白了这一点。岛本，我的最大问题就在于自己缺少什么，我这个人、我的人生空洞洞缺少什么，失却了什么。缺的那部分总是如饥似渴。那部分老婆孩子都填补不了，能填补的这世上只你一人。和你在一起，我就感到那部分充盈起来。充盈之后我才意识到：以前漫长的岁月中自己是何等的饥饿和干渴。我再也不能重回那样的世界。"

岛本双臂搂住我的身体，轻轻偎依，头搭在我肩上。我可以感受到她柔软的肌肤——暖融融地挤压我的肌肤。

　　"我也爱你的，初君，除了你，我生来还没爱过哪个人。我想你肯定不知道我有多么爱你。从十二岁时我就一直爱着你。即使在别人怀里，想的也总是你。正因为这样才不想见你，心里也知道见你一次势必很难收场，可是又不能不见。本打算看你一眼就马上回去，但实际见到你又忍不住要打招呼。"岛本依然把头搭在我肩上，"我从十二岁便想给你拥抱。你怕是不知道的吧？"

　　"不知道的。"我说。

　　"从十二岁起我就想脱光和你抱在一起，这个你也不知道的吧？"

　　我紧紧搂住她接吻。她在我怀中闭起眼睛一动不动。我的舌头同她的舌头搅在一起。她的心脏在乳房下跳动，那是急剧而温顺的律动。我闭上眼睛，想象那里鲜红的血流。我抚摸她柔软的秀发，嗅它的气味。她的双手在我背部仿佛寻觅什么似的往来彷徨。唱片转完，转盘停住不动，唱针返回针座。惟独雨声再次笼罩四周。稍顷，岛本睁开眼睛看我。"初君，"她自言自语似的低声说道，"那样真的可以？真要收留我？为我抛弃一切可以么？"

"可以。已经决定了。"

"可是，如果不遇见我，你不是会对现在的生活没有不满没有疑问地平稳过下去吗？不那样认为？"

"或许那样，但作为现实我见到了你，而且已无法原路退回了。"我说，"如你上次讲的，某种事情是不可能重新复原的，只能向前推进。岛本，不管什么地方，两人能去哪里就去哪里好了。两人从头开始！"

"初君，"岛本说，"能脱去衣服给我看看身体？"

"我脱？"

"嗯。你先脱，我先看你的裸体。不愿意？"

"哪里，既然你希望那样。"说着，我在炉前脱去衣服——防风衣、马球衫、牛仔裤、袜、T恤、内裤。岛本让脱光的我双膝跪在地板上。我那儿硬硬地长长地勃起，使得我很不好意思。她从稍离开点儿的地方目不转睛地看我的身体。而她连夹克都还没脱。

"只我脱光总觉得有点怪怪的。"我笑道。

"棒极了，初君！"说罢，岛本来到我身旁，用手指轻轻包拢我那儿，吻住我的嘴唇，随即摸我的胸。她花了很长很长时间舔我的乳头、抚摸中间的毛丛。她耳贴我的肚脐，将睾丸含在嘴里，继而吻遍我的全身，甚至脚底都吻了。看上去她简直在对时间本身爱不释手，在爱抚、吮吸、舔舐时间本身。

"你不脱衣服？"我问。

"等会儿。"她说，"我要这么好好看你的身体，好好舔好好摸。可要是我这就脱光，你不是要马上碰我的身体？不准碰你也按捺不住的吧，大概？"

"大概。"

"我可不想那样，不愿意匆匆忙忙的。毕竟花了那么长的时间才走到这一步。我要把你的身体一一看在眼里、摸在手里、舔在嘴里。要慢慢一个一个确认。不这么做完，我就前进不了。嗳，初君，就算我做的看上去不大正常，你也不要见怪。我是因为有必要这么做才做的。什么也别说，任我处置好了。"

"那倒无所谓，随你怎么样。只是给你这么眼盯盯地看起来，总觉得有点莫名其妙。"我说。

"可你不是我的么？"

"那是。"

"那不就没什么不好意思了？"

"的确是的。"我说，"肯定是还不习惯吧。"

"再忍耐一小会儿。这么做是我多少年来的一个梦。"岛本说。

"这么看我的身体是你的梦？你穿着衣服又看又摸我的裸体？"

"是啊。"她说，"很早以前我就想象你的身体，想象你的裸体到底什么样——小鸡鸡长的什么形状，能有多硬，能变多大。"

"为什么想这个呢？"

"为什么？"她说，"你为什么问这个呢？我不是说了我爱你么？想自己喜欢的男人的裸体有什么不可以？你就没想过我的裸体？"

"想来着。"

"想着我裸体自慰的时候不曾有过？"

"我想有过，初中高中那阵子。"说罢，我又补充一句：

"啊，不光那阵子，前不久还做来着。"

"我也一样，也想象过你的裸体。女人也不是不做那种事的。"

我再次抱过她慢慢接吻。她的舌头伸进我口中。

"爱你，岛本。"我说。

"爱你，初君。"岛本说，"除了你一个，我也没有爱过的人。嗯，再看一会儿你的身体可好？"

"好好。"我说。

她用手心轻轻包拢我的阴茎和睾丸。"真棒，"她说，"恨不得一口咬掉。"

"咬掉可就麻烦了。"

"就是想咬。"说着，她像测量似的把睾丸久久托在手心一动不动，不胜珍爱地慢慢舔吸我那儿，之后看着我说："嗳，一开始能随便让我怎么做？让我想怎么样就怎么样？"

"随你，随便你怎么样。"我说，"只要不真的咬掉，怎么样都无所谓。"

"有点不太正常，别介意。你什么都不要说，我不好意思。"

"什么都不说。"

她让我跪在地板上，左手搂我的腰，穿着连衣裙一只手脱掉长筒袜，拉下三角裤。然后右手拿我的阴茎和睾丸用舌头舔着，将自己的手伸到裙子里面，一边吸我那儿，一边让手缓缓动来动去。

我什么也不说。她有她的做法。我看着她的唇、舌和伸进裙内的手的徐缓动作，同时不由想起在保龄球馆停车场那辆租用小汽车中变得僵挺而面色苍白的岛本。我还清楚地记得当时在她瞳仁深处窥见的东西——那是地下冰河般硬邦邦冷冰冰黑乎乎的空间。那里惟有沉默，吸入所有声响而再不容其浮出的沉默。冻僵的空气不可能传递任何种类的声籁。

那是我有生以来第一次目睹的死亡场景。那以前我不曾经历身边任何人的死，亦不曾目睹任何人在眼前死去，所以无法具体想象死究竟是怎么一种东西。但那时，死以其原原本本的形态横陈在我的面前，与我的脸相距不过几厘米。这便是所谓死，我想。它告诉我：你也总有一天会走到这一步，任何人不久都将在无可避免无可救药的孤独中坠入这黑暗的深渊、这失却共鸣的岑寂中。面对死亡世界，我感到窒息般的恐怖。这黑暗之穴乃无底之穴。

我朝着冰封雪冻的黑暗深处呼唤她的名字：岛本！我呼唤了不知多少次，但我的声音都被吸入了无边无际的虚无。无论我怎样呼唤，她瞳仁深处的东西都纹丝不动。她依然持续着如空穴来风般的声音古怪的呼吸，那均匀的呼吸告诉我她仍在此岸世界，而其瞳仁深处则是一切死绝的彼岸世界。

在我凝视着她瞳仁中的黑暗、呼唤着岛本的名字的时间里，我渐渐涌起一股错觉，觉得自己的身体正被拖入其中，那个世界就好像真空的空间吸入四周空气一样在吸引我的身体，我至今都能记起其力量的实实在在——当时，死是打算连我也拉进去的。

我紧紧闭起眼睛，将记忆逐出脑海。

我伸手抚摸岛本的秀发，碰她的耳朵，把手贴在她额头上。岛本的肢体温暖而柔软。她简直像要吮吸生命本身一样吮吸着我那儿。她的手像要传达什么似的抚摸裙子里的自己那个部位。过了一会儿，我在她口中一泻而出。她停止手的动作，闭上眼睛，将我的泻出物一滴不剩地舔尽吸净。

"对不起。"岛本说。

"用不着道歉。"

"一开始就想这样来着，"她说，"是不好意思，但不这样做上一次，心情就沉静不下来。对我们来说好比一种仪式。明白？"

我抱住她，脸颊轻贴她的脸颊，可以感到她脸颊上切切实实的温煦。我撩起她的头发，吻她的耳朵，凝视她的眼睛。我可以看出自己映在她瞳仁里的脸。其深处仍是深不见底的清泉，泉里闪着隐隐约约的光点，仿佛生命的灯火。或许总有熄灭的一天，但此刻灯火的确就在那里。她冲我微笑，一笑眼角就像平日那样聚起细细的鱼尾纹，我在那上面吻了一下。

"这回你来脱我的衣服，让你尽情尽兴。刚才由我尽情尽兴，这回任你尽情尽兴。"

"我做得非常一般，一般也可以么？可能是我缺乏想象力。"我说。

"可以的。"岛本说，"一般的我也喜欢。"

我脱去她的连衣裙，拉下内衣。我让她躺下，开始吻她的全身。我上上下下地看，上上下下地摸，上上下下地吻，——

印入脑海。我为此用足了时间。毕竟是经过漫长岁月才来到这里的。我也和她一样不焦不躁。我最大限度地克制自己，再也克制不住时才慢慢进入她体内。

入睡已是黎明时分了。我们在地板上做了几次。开始时温情脉脉，继而汹涌澎湃。一次做到中间，岛本就像感情之线突然断掉一样大哭起来，用拳头使劲捶打我的背我的肩，这时间里我只管紧紧搂住她。若不搂紧，岛本很可能分崩离析。我哄劝似的一直抚摸她的背，吻她的脖颈，用手指梳她的头发。她已不再是自控力强的冷静的岛本了。长年累月在她心底冻硬的东西开始一点点融化、浮出表面。我可以感受到其喘息和隐隐的胎动。我整个搂紧她，将其颤抖收入自己的体内，这样才能使她一步步为我所有。我已经无法离开这里了。

"我想了解你。"我对岛本说，"想了解你的一切——这以前你是怎么生活过来的？现在住在哪里做什么？结婚了还是没结婚？什么我都想了解。没办法继续忍受你对我保密，无论什么样的秘密。"

"等明天吧，"岛本说，"等到明天，我什么都讲给你听，明天之前什么都不要问。今天你就仍蒙在鼓里好了。如果我这就全部说出，你就永远无法退回原处了。"

"反正我都退不回去了，岛本。说不定明天等不来了，万一明天不来，我就要在对你心中秘密一无所知的情况下终了此生。"

"明天要是真的不来就好了。"岛本说，"要是明天不来，你就可以永远一无所知。"

我刚要说什么，她一口吻住我的嘴。

"但愿明天给秃鹫吃掉。"岛本说，"由秃鹫来吃掉明天可以吧？"

"可以可以，再合适不过。秃鹫既吃艺术，又吃明天。"

"秃鹰吃什么来着？"

"无名众生的尸体。"我说，"和秃鹫截然不同。"

"秃鹫吃艺术和明天？"

"不错。"

"绝妙的搭配嘛，好像。"

"还把岩波书店的新书目录当甜食来吃。"

岛本笑了。"总之等到明天，"她说。

明天当然准时来到。但睁眼醒来时，只剩下了我一人。雨过天晴，明晃晃的晨光从卧室窗口倾泻进来。时针划过九点。床上不见岛本。我旁边的枕头依照着她的脑形微微凹陷。哪里都不见她的身影。我下床去客厅找她，看了厨房，小孩房间和浴室也看了，但哪里都没有她。她的衣服也没有了，她的鞋也从门口消失了。我做了个深呼吸，让自己再次融入现实。然而现实总好像叫人觉得别扭、叫人看不惯。现实已呈现为与我所想的现实不同的形式，是不应有的现实。

我穿衣服走到门外。宝马仍停在昨夜停的位置。没准岛本一大早醒来独自外出散步去了。我在房子周围打着转找她，之后开车在附近一带兜了一会儿，又开上外面的公路，一直开到宫下那里。岛本还是不见踪影。回到家里，岛本也没见返回。我里里外外搜寻一番，看有没有纸条什么的留下来，但根本没那玩意儿，连她待过的痕迹都无处可觅。

没了岛本的房子变得冷冷清清，令人窒息。空气中好像掺

223

杂了粗粗拉拉的什么颗粒,每次吸气都刮嗓子。随后我想起唱片,她送给我的那张纳特·金·科尔的旧唱片,不料怎么找也找不到。看来岛本出去时连它也一起带走了。

岛本又一次从我眼前消失,这回既无大概又无一段时间。

15

　　这天四点前我回到东京。我在箱根的房子里等到偏午，以为岛本说不定会回来。老老实实枯坐是很难受的事，我便清扫厨房，整理放在这里的衣服，以此打发时间。四下一片沉寂，不时传来的鸟鸣和汽车排气声都有些不自然不均衡。周围所有的响动听起来都好像被某种外力或强行扭曲或整个压瘪。我等待其中发生什么。应该有什么发生才是，我想，事情不该这样不了了之。

　　然而什么也没发生。岛本不是那种过些时间就会改变业已做出的决定的那类人。我必须返回东京。假如岛本同我联系——尽管可能性微乎其微——应该往店里联系才是。不管怎样，再在这里待下去的意义可谓是零。

　　开车途中，我不知多少次把意识强行拉回到驾驶上来。几次差点儿看漏信号、拐错岔路，走错车道。将车停进店里的停车场后，我用公用电话给家打了个电话，告诉有纪子我回来了，要直接去上班。对此有纪子什么也没说。

"这么晚，一直担心来着。打个电话总可以的吧？"她用硬硬的干干的声音说。

"不要紧，别担心。"我说。至于自己的声音在她耳里产生怎样的感觉，我无从判断。"没时间了，这就去办公室整理一下账簿，然后到店里去。"

我到办公室坐在桌前，无所事事地一个人待到晚上。我考虑昨天夜里发生的事。估计岛本在我睡着后也没睡过一觉，天一亮便起身离去了。不知她是如何从那里回去的。到外面的公路有相当一段路程，即使走上公路一大早恐怕也很难在箱根山中找到公共汽车和出租车，何况她穿的是高跟鞋。

岛本为什么非要从我眼前消失不可呢？开车的路上我一直在思索这点。我说要她，她说要我，而且毫无保留地抱在一起了。然而她还是扔下我，一声招呼也不打地独自去了哪里，连说好给我的唱片也一起带走了。我试图去推测她这种做法意味着什么，其中应当有某种含义有某种情由，岛本并非心血来潮

226

那类性格。但我已无法系统地思考什么，所有思维都从我的脑中无声无息地纷然落下，硬要思考，脑袋里便隐隐作痛。我察觉自己已筋疲力尽，遂坐在地板上，背靠墙壁，闭起眼睛。而一闭眼，便再也睁不开了。我能做的惟有回想。我放弃思考，像反复放唱的磁带一样周而复始地回想事实。闭上眼睛回想岛本的身体，逐一回想她躺在炉前的裸体的所有部位——她的脖颈、乳房、侧腹、中间毛丛、隐秘处、背、腰、腿。这些图像委实过于切近过于鲜明了，甚至比现实还远为切近和鲜明。

　　我在狭小的房间里被这些栩栩如生的幻影团团围住。不久我忍耐不下去了，走出办公室所在的写字楼，漫无目的地在附近转来转去。转罢去店，进卫生间刮须。想来今天一天没有洗脸，仍穿着昨天那件防风衣。员工们虽然没说什么，但都以奇妙的神情一闪一闪地打量我。我仍不想回家。现在回去面对有纪子，很可能一五一十说得一点儿不剩——如何迷恋岛本，如何同她过了一夜，如何打算抛开家庭抛开女儿抛开工作统统抛开不管……

　　实际上恐怕也该如实说出才对，我想。可是我无能为力。现在的我不具有判断何为正确何为不正确的能力，甚至不能准确把握自己身上发生的事，所以我没有回家，来店等待岛本的出现。我完全清楚她不可能出现，却又不能不等。我去第一家酒吧搜寻她的身姿，之后来到"罗宾斯·内斯特"，坐在吧台前徒然等待，等到关门。几个常客一如往日地同我搭话，但我几乎充耳不闻，口头上随声应和，脑袋里却一直在想岛本。回想她是怎样温柔地将我迎入体内，怎样呼唤我的名字。每次电话铃响起，我都一阵心跳。

关门后大家全部走了，我仍一个人坐在台前喝酒。怎么喝都全然上不来醉意，反而越喝越清醒。无可救药啊！回到家，时针已过两点。有纪子仍在等我。我无法顺利入睡，坐在厨房餐桌旁喝威士忌。正喝着，有纪子也拿来杯子喝同样的东西。

"放点什么音乐。"她说。

我把最先看到的盒式磁带放进去，按下启动键，调低音量以免把孩子吵醒。之后我们一言不发地隔桌喝了一会儿各自的杯中物。

"你是另外有了喜欢的女人吧？"有纪子定定地注视着我的脸问。

我点点头。我想有纪子此前不知已把这句话在脑袋里重复了多少遍，话语中带有明晰的轮廓和重量，从其回响中我感觉得出。

"而且你喜欢她——不是随便玩玩。"

"是的。"我说，"不是玩玩那种性质。不过和你想的多少有些不同。"

"你知道我在想什么？"她问，"你以为你真正明白我所想的？"

我默然。无言以对。有纪子也久久缄口不语。音乐低声流淌着，维瓦尔第或泰勒曼，记不起它的旋律了。

"我所想的，我想、你恐怕、不明白。"她像对孩子解释什么似的缓慢而仔细地吐出每一个字。"你、肯定不明白。"

她看着我。但晓得我什么也不会说之后，便拿起杯子啜了一小口威士忌，缓缓摇一下脑袋。"跟你说，我也并不就那么傻的。我可是在和你一同生活、一同睡觉的。你有喜欢的女人这点事儿，我已看出相当长的时间了。"

我默不作声地目视有纪子。

"可是我并不责怪你。谁喜欢上谁是由不得自己的事。喜欢上的自然喜欢上。你肯定光我是不够的，这在我也不是不能

229

理解。迄今为止我们一直和和气气，你对我非常不错。和你生活我非常幸福。就是现在你也喜欢我，我想。但归根结蒂，我对于你不是个完完全全的女子。这点我多少有所觉察，料想迟早肯定会发生这样的事，这是奈何不得的，所以我并没有因为你喜欢上别的女人而责怪你。说实话，生气都没生气，说来不可思议，是没怎么生气。我只是难过，只是难过得不行。本来我已做了想象，想象出现这种事心里怕要难过，但这难过远远超出了想象。"

"对不起。"我说。

"不必道歉。"她说，"如果你想和我分手，分手也没什么太要紧，什么也别说分开就是。想同我分手？"

"不清楚。"我说，"我说，能听我解释几句？"

"解释？关于你和那女人的？"

"嗯。"

有纪子摇头："那个女人的事一句也不想听。别再加重我的难过。至于你和她是什么关系和想干什么，那怎么都无所谓，我什么都不想知道。我想知道的，只是你想还是不想和我分手。房子也好钱也好什么我都不要。想得到孩子也给你。真的，不是开玩笑，这。所以，要是想分手，只说想分手就行。我只想知道这一点。别的概不想听。Yes 或 No，到底哪个？"

"不清楚。"我说。

"你是说想不想和我分手你不清楚？"

"那不是。我是不清楚能否回答本身。"

"什么时候能清楚？"

我摇摇头。

"那，慢慢想好了。"有纪子叹口气道，"我等着，不碍事，花时间慢慢想好定下。"

从这天夜里起，我开始拿被褥在客厅沙发上睡。孩子们半夜不时起床走来，问爸爸怎么在这儿睡。我解释说爸爸近来打鼾打得厉害，暂时同妈妈分开睡，不然妈妈睡不着。有时候女儿中有一个钻到我被窝里来，这时我就在沙发上把女儿紧紧搂在怀里。也有时听到有纪子在卧室里抽泣。

此后差不多两个星期，我始终生活在无休无止的记忆里。我逐一回想自己和岛本度过的最后夜晚发生的事，力图从中读出某种信息。回想自己怀里的岛本，回想岛本伸进白连衣裙里的手，回想纳特·金·科尔的歌声和炉里的火，一句一句再现她当时出口的话语。

"刚才我也说了，在我是不存在所谓中间的。"岛本在那里边说，"我身上不存在中间性的东西。不存在中间性的东西的地方也不存在中间。"

"这我已经决定了，岛本。"我在里边说道，"你不在的时间里我不知就此考虑了多少次，已经下定了决心。"

我想起从助手席上盯视我的岛本的眼睛。那含有某种冲动的视线仿佛清晰地烙在了我的脸颊。大约那是超越视线的什么。现在我已能够感觉出当时她身上荡漾的死的气息了。她的确打算一死了之的，想必是为和我一起死才去箱根的。

"同时我也收留你的全部，全部！这个你可明白？明白这意味着什么？"

这么说时，岛本是在需求我的生命。现在我可以理解了。就像我得出最后结论一样，她本也得出了最后结论。自己为什么就没领悟到呢？大概她已拿定主意：在同我相互拥抱一夜后，在回程的高速公路上猛然旋转宝马的方向盘，两人一起死掉。对她来说，恐怕此外别无选择，我想。然而那时有什么东西使她打消了这个念头，独自把一切藏在心里而销声匿迹了。

我向自己发问：岛本究竟处于怎样一种境况呢？那是怎样的一条死胡同呢？到底是什么人以什么理由出于什么目的以什么方式将其逼入那步田地的呢？为什么逃离那里即必定意味着死亡呢？我就此考虑了许多许多次。我将所有线索排列在自己面前，进行大凡可能的推理。然而茫无头绪。她怀揣秘密消失了。没有大概没有一段时间，悄无声息地遁往某处了。想到这里，我心里一阵难受。归根结蒂，她拒绝同我共有秘密，尽管我们那般水乳交融、彼此一体。

"某种事情一旦向前推进，是不可能再复原的，初君。"岛本想必这样说。在这后半夜的沙发上，我可以捕捉到她如此述说的声音，可以清楚地听到这声音编织的话语。"如你所说，如果两人能单独去哪里重新开始新的人生，那该多么好啊！可遗憾的是不可能从这个场所脱身，物理上的不可能！"

在那里岛本是十六岁的少女，站在庭园的向日葵前不无拘谨地微笑着。"说到底我是不该去见你的。这点一开始我就知道，已经预想到了势必如此。可是我实在忍无可忍。无论如何都想看到你，而看到你又不能不打招呼。嗳，初君，那就是我。我原本没那个念头，结果却使一切前功尽弃。"

　　估计往后再不可能见到岛本了。她只存在于我的记忆中。她已从我面前消失。她曾经在那里，但现在已杳无踪影。那里是不存在所谓中间的。不存在中间性的东西的地方也不存在中间。国境以南或许有大概存在，而太阳以西则不存在大概。

　　我每日都一字不漏地看报，看有没有关于女性自杀的报道，但没发现类似的消息。世上每天都有不少人自杀，自杀的全是别人。能够面带绝妙微笑的三十七岁美貌女子，据我所知似乎尚未自杀。她只不过是从我面前消失了而已。

　　外表上我仍在继续一如既往的日常生活。基本上由我送小孩去幼儿园，再去接回。车上我同小孩一起唱歌。在幼儿园门前不时同那个开 260E 车的年轻女子说话，惟独同她说话的短暂时间里才得以忘却诸多烦恼。我同她依然只谈吃的和穿的，每次见面我们都带来关于青山附近以及自然食品方面的新见闻，乐此不疲地交流不止。

　　工作上我也恰到好处地履行着往常的职责，每天晚上系好领带到店里去，同要好的常客聊天，听取员工们的意见和抱怨，打工的女孩过生日送她一点小礼物，音乐家来玩时招待喝酒，请其品尝鸡尾酒的味道。时时提醒乐队调准钢琴，提醒酩酊大醉的客人别影响其他客人，有什么纠纷即时化解。店的经营近乎过分地风调雨顺，我周围的一切事物都柳暗花明。只是，对店的经营我已经不像以前那样热心了，我已经不像过去那样对两家店满怀热情了。别人也许看不出来。外表上我同以前毫无二致，甚至比以前还要和风细雨、还要侃侃而谈。然而自己心中有数。坐在吧台的高脚椅上环视，较之过去，似乎很多东西都显得黯然失色、呆头呆脑，已经不再是色彩绚丽工艺精湛的空中花园了，无非随处可见的吵吵嚷嚷的普通酒吧。一切都那么造作那么浅薄那么寒伧，不过是以掏酒鬼口袋为目的而建造的舞台装置罢了。我脑海中的幻想不觉之间已荡然无存。为什么呢？因为岛本已不再出现，因为她再也不会微笑着要鸡尾酒。

家里的生活也同过去一样。我和她们一起吃饭，星期天领孩子外出散步、逛动物园。有纪子也对我——至少表面上——一如既往。两人依然说这说那。大体说来，我和有纪子像是碰巧住在同一屋顶下的老朋友一样生活着。这里有不宜诉说的话语，有不能提及的事实。但我们之间没有冷嘲热讽的气氛，只是不相互接触身体而已。晚间分开就寝，我睡客厅沙发，有纪子睡卧室。这或许是我们家里惟一有形的变化。

有时也认为一切最终不过是逢场作戏罢了，我们不外乎在一个接一个熟练地扮演派到自己头上的角色。所以，纵然有什么宝贵东西从中失去，恐怕也是可以凭借技巧而并无大错地度过一如往日的每一天的。如此想法使得我很不好受。这种空虚的技巧性生活难免伤透了有纪子的心，可是我仍无法对她的问话做出回答。我当然不想同有纪子分手，这是不言而喻的。然而我已不具有如此表明的资格，毕竟我曾一度想抛弃她和孩子。不能因为岛本消失不再回来了，自己就顺理成章地重返原来的生活。事情并不那么简单，也不应那么简单。何况岛本的幻影犹然在脑海中挥之不去。幻影是那般鲜明和生动，一闭眼就能历历记起岛本身体的每一细部。她肌肤的感触还真真切切地留在我的手心，语音还萦绕在我的耳畔，我不能带着如此幻影搂抱有纪子。

我想尽量只身独处，而又不晓得应做什么，于是天天早上都去游泳池。之后去办公室，独自眼望天花板，永无休止地沉浸在岛本的幻想之中。对这样的生活我也想在哪里画上句号。

我是在将同有纪子的生活中途搁置的情况下、在保留对其作出回答的情况下生活在某种空白当中，而这样的状态是不能永远持续下去的，无论怎么考虑都是不对的。我必须负起作为一个人、作为丈夫、作为父亲的责任，然而实际上又全然无能为力，幻想总在那里，总是牢牢抓住我不放。若遇上下雨，情况就会更糟。一下雨，一股错觉便朝我袭来，以为岛本即将出现在这里，她夹带着雨的气息轻轻推开门。我可以想象出她浮在脸上的微笑。每当我说错什么，她便面带微笑静静地摇头。于是我的所有话语都颓然无力，恰如窗玻璃上挂的雨珠一般从现实领域缓缓地滴落下去。雨夜总是那么令人胸闷。它扭曲了现实，让时间倒流。

看幻影看累了，我便站在窗前久久打量外面的景致。感觉上就好像自己不时被孤零零地抛弃到没有生命迹象的干裂的大地，纷至沓来的幻影从周围世界将所有色彩尽皆呒尽吸干。目力所及，所有事物和景物都那么呆板那么虚无，就好像敷衍了事地建造出来似的，而且无不灰蒙蒙一片沙尘色。我想起告诉我泉的消息的那个高中同学，他这样说道："活法林林总总，死法种种样样，都没什么大不了的。剩下来的惟独沙漠。"

　　接下去的一星期，简直就像等待我似的接连发生了几件怪事。星期一早上，我蓦然想起那个装有十万日元的信封，便开始寻找。倒也不是有什么特殊目的，只是心有所动。很多年来我一直把它放在办公桌抽屉里没动，上数第二个抽屉，上着锁。搬来这里时连同其他贵重物品一起放进了这个抽屉，除了有时看看它在不在外，一直未曾触动。不料抽屉里没有信封。这是非常不正常的、离奇的。因为记忆中从未把信封移去别处，这点我有百分之百的把握。出于慎重，桌子其他抽屉也全部拉出，翻了个底朝上，然而还是没找到，哪里也没有。

　　最后见到那个装钱的信封是什么时候呢？我记不起准确日期。虽然不太久远，但也并非最近。也许一个月前，也许两个月前，或者三个月前亦未可知，总之是在不甚久远的过去我曾拿出信封，清楚地确认它仍然存在。

　　我全然搞不清怎么回事，坐在椅子上定睛看了好一会儿抽屉。莫非有人进入房间打开抽屉而只偷走了信封不成？这种事基本上不会发生（因为桌子里除此之外还有现金和值钱东西），但作为可能性也并非绝对没有。也可能我记忆中有重大失误。说不定自己不知不觉之间处理了那个信封，而又将此记忆丢个精光。这种情况也不是完全不会出现。也罢，怎么都无所谓了，我说服自己，本来就打算迟早要处理掉它，这样倒也落得省事。

然而在我接受信封消失的事实、在自己意识中将信封的存在与不在明确置换位置以后，理应伴随信封存在这一事实而存在的现实感也同样荡然无存了。这是类似眩晕的奇妙感觉。无论我怎样说服自己，这种不在感都在我体内迅速膨胀，气势汹汹地吞噬我的意识。它将明确存在过的存在感挤瘪压碎，并贪婪地吞噬进去。

比如，我们需要有足以证明某一事件即是现实的现实。这是因为，我们的记忆和感觉实在过于模糊过于片面，在很多情况下甚至觉得无法识别我们自以为认知的事实在多大程度上属于原原本本的事实，又在多大程度上属于"我们认知为事实的事实"。所以，为了将现实作为现实锁定，我们需要有将其相

239

对化的另一现实——与之邻接的现实。而这与之邻接的另一现实又需要有将它乃是现实一事相对化的根据。进而又需要与之邻接的另一现实来证明它就是现实。这种连锁在我们的意识中永远持续不止，在某种意义上不妨可以说我这一存在是通过连锁的持续、通过维持这些连锁才得以成立的。可是连锁将在某处由于某个偶然原因而中断，这样一来，我顿时陷入困境。断面彼侧的是真正的现实呢？还是断面此侧的是真正的现实呢？

当时我所产生的便是此种此类的中断感。我关上抽屉，力图忘掉一切。那笔钱一开始便应一弃了之，保存那玩意儿这一行为本身即是错误。

同一星期的星期三下午，我驱车沿外苑东大道行驶时，发现一个背影同岛本极其相似的女子。女子身穿蓝色棉布长裤和驼色雨衣，脚上是平底鞋，同样拖着一条腿行走。眼睛看到之时，一瞬间仿佛周围的所有景物全都冻僵，块状空气样的东西从胸口直顶喉咙。是岛本！我追到她前面，以便用后视镜确认她的面目，然而由于行人的遮挡，没能看清其面部。我踩下刹车，后面的车随即鸣声大作。那背影和头发的长度无论如何都同岛本一模一样。我想当场立即停车，但视野内的路面停满了车。向前开了大约两百米，找出一处勉强可以停一辆车的位置，把车硬开进去，而后跑回发现她的地方。可是她已不见了。我发疯似的在那里找来找去。她腿不好，应该走不很远，我对自己说道。我分开人群，违规横穿马路，跑上过街天桥，从高处观望来往行人的面孔。我身上的衬衫汗水淋漓。但如此时间里，我猛然意识到刚才目睹的女子不可能是岛本，那女子拖曳的腿同岛本相反，而且岛本的腿已没了毛病。

　　我摇头一声长叹。自己的确莫名其妙。我就像起立时突然头晕一样感到身体一阵瘫软。我背靠信号灯柱，往自己脚前盯视良久。信号灯由绿变红，又由红变绿。人们横穿路面，等信号灯，又横穿。这时间里，我只管背靠信号灯柱调整呼吸。

　　倏然睁眼，竟出现了泉的脸！泉坐在我前面停的出租车上，从后座目不转睛地看着我。出租车在等红灯，泉的脸同我的脸相距不过一米。她已不再是十七岁少女，但我一眼就看出这女子是泉，不可能是泉以外什么人。位于眼前的是我二十年前抱过的女子，是我第一次吻的女子，是我在十七岁秋天的下午脱去其衣服并弄丢其吊带袜的小卡子的女子。无论二十年的光阴使一个人发生多大的变化，我也不会认错她。同学说"孩子们都害怕她"。听的当时我弄不清怎么回事，领会不出这句话要表达什么。但在如此面对泉的此时此刻，我得以彻底理解了他要说的意思。她脸上已经没了表情。不，这样说不够准确。我恐怕应该这样表述——大凡能以表情这一说法称呼的东西一点儿不剩地从她脸上被夺去了。这使我想起被一件不留地搬走了所有家具的房屋。她脸上的情感就连哪怕一丝一毫都没浮现出来，宛如深海底一般一切悄然死绝。而且她以丝毫没有表情的脸一动不动地盯视着我——我想她在盯视我，至少其目光是笔直地对着我。然而那张脸什么也没有对我诉说。倘若她想向我诉说什么，那么她诉说的无疑是无边无际的空白。

我站在那里呆若木鸡，瞠目结舌，勉强能够支撑自己的身体慢慢呼吸。此时我彻头彻尾迷失了自己这一存在，一时间甚至自己是谁都无从知晓，就好像自己这个人的轮廓倏忽消失而化作了黏乎乎的液体。我没有思考的余地，几乎下意识地伸手触在车窗玻璃上，指尖轻轻抚摸其表面，至于这一行为意味着什么我不得而知。几个行人止住脚步，往我这边惊讶地看着。

但我没办法不那样做。我隔着玻璃在泉没有表情的脸上缓缓抚摸不已。她却纹丝不动，眼皮都不眨一下。莫非她死了？不，不至于死，我想，她是眼皮都不眨地活着，活在没有声音的玻璃窗里面的世界。那静止不动的嘴唇在倾诉着永无尽头的虚无。

俄顷，信号变绿，出租车离去。泉的脸直到最后都没有表情。我在那里木然伫立，眼看着那辆出租车裹在车流中消失不见。

我返回停车位置，把身体缩进驾驶席。反正得离开这里。转动钥匙发动引擎时，心情坏到了极点，上来一股汹涌的呕吐感，却又吐不出，只是想吐。我双手搭在方向盘上，十五六分钟一动不动。腋下沁出汗珠，整个身体似乎都在释放难闻的气味。那不是被岛本温柔地舔遍的我的身体，而是散发不快气味的中年男人的身体。

过了一会儿，交警走来敲玻璃。我打开窗，警察往里窥看，说这里禁止停车，叫我马上移开。我点点头，转动引擎钥匙。

"脸色不好——不舒服？"警察问。

我默默地摇头，旋即把车开走。

之后几个小时我都无法找回自己自身。我成了纯粹的空壳，体内惟有空洞洞的声响。我知道自己真的变成了空无一物的干壳，刚才剩在体内的东西统统倾巢而出。我把车停进青山墓地，怅然望着挡风玻璃外的天空。我想泉是在等我来着。估计她经常在什么地方等待我。在哪个街角、在哪扇玻璃窗里面等待我的到来。她始终在注视我，只不过我注意不到罢了。

此后几天时间我几乎不同任何人说话。每次要张嘴说什么，话语便不翼而飞，就好像她所倾诉的虚无整个钻入了我的体内。

不过，在那次同泉奇妙地邂逅之后，将我团团围在中间的岛本的幻影和余音开始缓缓淡化撤离。眼中的景物似乎多少恢复了色彩，行走在月球表面般的寂寥无助之感渐渐收敛消遁。我就像隔着玻璃目睹发生在别人身上的事一样，朦朦胧胧地感到重力在发生微妙的变化，紧紧附在自己身上的东西被一点点一片片揭去了。

大约与此同时，我心目中原有的什么消失了，断绝了——

无声无息地，然而决定性地。

　　乐队休息时，我走到钢琴手那里，告诉他今后可以不弹《STAR CROSSED LOVERS》了。我是微笑着很友好地这样告诉他的。

　　"已经欣赏得不少了，差不多可以了，心满意足。"

　　他像测算什么似的看了我一会儿。我和这名钢琴手相处得很好，可以说是私人朋友。我们常一起喝酒，有时还谈及私事。

　　"还有一点不大明白：你是说那支曲子不特别弹也可以，还是说再也不要弹了呢？两者可是有一定差异的。可以的话，我想明确下来。"他说。

　　"是不希望弹了。"我说。

　　"怕不是不中意我的演奏吧？"

　　"演奏毫无问题，很精彩。能像样地演奏那支曲的人是为数不多的。"

　　"那么就是说，是再不想听那支曲了，是吧？"

"是那么回事吧。"我回答。

"这可有点像是《卡萨布兰卡》，老板。"他说。

"的确。"

自那以来，他见到我出现，便时不时开玩笑地弹《像时间一样远离》。

我所以再不想听那支曲，并非因为一听便不由想起岛本，而是由于它不再如从前那样打动我的心了。什么缘故不知道，总之我曾经从中觅得的特殊东西已然消失，我在很长时间里寄托其中的某种心情已然消失。它依然是优美的音乐，但仅此而已。我不想再一遍又一遍听其形同尸骸的优美旋律。

"想什么呢？"有纪子过来问我。

时值深夜两点半，我还没睡着，躺在沙发上眼睁睁地望着天花板。

"想沙漠。"我说。

"沙漠？"她坐在我脚边看我的脸，"什么样的沙漠？"

"普通沙漠。有沙丘，点点处处长着仙人掌，各种各样的东西包含在那里，活在那里。"

"我也包含在那里，在沙漠里？"她问道。

"你当然也包含在那里。"我说，"大家都活在那里。但真正活着的是沙漠。和电影一样。"

"电影？"

"《沙漠奇观》——迪斯尼的玩意儿，关于沙漠的纪录片。小时没看？"

"没看。"她说。

我听了有点纳闷儿，因为那部电影我们都是由学校领去电影院看的。不过有纪子比我小五岁，想必那部电影上映的时候她还不到去看的年龄。

"我去出租店借一盘录像带回来，星期天全家一起看。电影不错，风景漂亮，出来好多动物和花草什么的。小孩子都能看懂。"

有纪子微笑着看我的脸。实在好久没见到她的微笑了。

"想和我分手？"她问。

"跟你说有纪子，我是爱你的。"

"那或许是的。可我在问你是不是还想和我分手。Yes 或

No，不接受其他回答。"

"不想分手。"说着，我摇了下头。"也许我没有资格说这样的话，但我不想同你分手。就这么和你分开，我真不知如何是好。我再不想孤独。再孤独，还不如死了好。"

她伸出手，轻轻放在我胸口上，盯住我的眼睛。"资格就忘掉好了。肯定谁都没有所谓资格什么的。"有纪子说。

我在胸口感受着有纪子手心的温煦，脑袋里在思考死。那天是有可能在高速公路上同岛本一起死掉的。果真那样，我的身体就不会在这里了，我势必消失、消灭，一如其他许许多多。但是现在我存在于此，胸口存在着带有有纪子体温的手心。

"嗯，有纪子，"我说，"我非常喜欢你。见到你那天就喜欢，现在同样喜欢。假如遇不上你，我的人生要凄惨得多糟糕得多。这点上我深深感谢你，这种心情是无法用语言表达的。然而我现在这样伤害了你，我想我这人大概相当自私自利、不地道、无价值。我无谓地伤害周围的人，同时又因此伤害自身。损毁别人，损毁自己。我不是想这样才这样的，而是不想这样也得这样。"

"的确是的。"有纪子以沉静的声音说。笑意似乎仍留在她嘴角。"你的确是个自私自利的人、不地道的人，确确实实伤害了我。"

我注视了一会儿有纪子的表情。她话里没有责怪我的意味。既非生气，又不悲伤，仅仅是将事实作为事实说出口来。

我慢慢花时间搜寻词句："在此前的人生途中，我总觉得自己将成为别的什么人，似乎总想去某个新的地方、开始新的生活、在那里获取新的人格。迄今为止不知重复了多少次。这在某种意义上是成长，在某种意义上类似改头换面。但不管怎样，我是想通过成为另一个自己来将自己从过去的自己所怀有的什么当中解放出来。我一心一意认认真真地这样求索不已，并且相信只要努力迟早会实现的。然而最终我想我哪里也未能抵达，无论如何我只能是我。我怀有的缺憾无论如何都依然如故。无论周围景物怎样变化，无论人们搭话的声音怎样不同，我也只能是一个不完整的人。我身上存在着永远一成不变的致命的缺憾，那缺憾带给我强烈的饥饿和干渴。这饥饿和干渴以前一直让我焦头烂额，以后恐怕也同样使我烦躁不安。因为在某种意义上缺憾本身即是我自身，这我心里明白。如果可能，现在我想为你而成为新的自己，这我应该是做得到的。可能并不容易，但努力下去，总还是可以获得新的自己的。不过老实说来，事情一旦发生一次，可能还要重蹈覆辙，可能还要同样伤害你，对你我无法做出任何保证。我所说的资格就是指这个。对这种力量，无论如何我都不具有战而胜之的自信。"

"这以前你始终想挣脱这种力量来着？"

"我想是的。"

有纪子的手仍放在我胸口未动。"可怜的人儿。"她说。声音就好像在朗读墙上写的大大的字。或者墙上果真那么写着也未可知。

"我真的不知道。"我说，"我不想同你分手，这点清清楚楚。但我不知道这样的回答究竟对还是不对，就连这是不是我所能选择的都不知道。喏，有纪子，你在这里，并且痛苦，这我可以看到。我可以感觉出你的手。然而此外还存在看不到觉不出的东西——比如说情思那样的东西，可能性那样的东西。那是从什么地方渗出或纺出来的，而它就在我心中。那是无法以自己的力量来选择或回答的东西。"

有纪子沉默有顷。夜行卡车不时从窗下的路面上驶过。我目光转向窗外，外面一无所见，惟独联结子夜与天明的无名时空横陈开去。

"拖延的时间里，我好几次想到了死。"她说，"不是吓唬你，真是这样。好几次我都想死。我就是这样孤独寂寞。死本身我想大概没有什么难的。嗯，你该知道吧？就像房间空气一点点变稀变薄一样，我心中求生的欲望渐渐变小变淡，那种时候死就不是什么难事了。甚至小孩儿都没考虑，几乎没考虑到自己死后小孩儿会怎么样。我就是孤独寂寞到这个地步。这点你怕是不明白的吧？没有认真考虑的吧？没有考虑我感觉什么、想什么、想做什么的吧？"

我默然无语。她把手从我胸口拿开，放在自己膝头。

"但终究我没有死，终究这样活了下来。这是因为我在想：如果有一天你回到我身边，自己到最后恐怕还是要接受的。所以我没有死。问题不在于什么资格，什么对与不对。你这人也许不地道，也许无价值，也许还要伤害我，但这些都不是问题。你肯定什么都不明白。"

"我想我大概什么都不明白。"我说。

"而且你什么也不想问。"她说。

我张嘴想说什么，但话未出口。我确实什么都不想问有纪子。为什么呢？我为什么就不想问问有纪子呢？

"资格这东西，是你以后创造的。"有纪子说，"或者是我们。也许我们缺少那东西。过去我们好像一起创造了许多东西，实际上可能什么都没创造。肯定是很多事情过于顺利了，我们怕是过于幸福了。不这样认为？"

我点点头。

有纪子在胸前抱起双臂，往我脸上看了一会儿。"过去我也有美梦来着，有幻想来着，可不知什么时候都烟消云散了，还是遇见你之前的事。我扼杀了它们，多半是以自己的意志扼杀了抛弃了它们，像对待不再需要的身体器官。至于对还是不对，我不知道，但我那时只能那样做，我想。我经常做梦，梦见谁把它送还给我，同样的梦不知做了多少次。梦中有人双手把它捧来，说'太太，您忘的东西'。就是这样的梦。和你生活，我一直很幸福，没有可以称得上不满的东西，没有什么更想得到的东西。尽管这样，还是有什么从后面追我。半夜一身冷汗，猛然睁眼醒来——我原本抛弃的东西在追赶我。被什么追赶着的不仅仅是你，抛弃什么失去什么的不仅仅你自己。明白我所说的？"

"我想是明白的。"我说。

"你有可能再次伤害我。我也不知道那时我会怎么样。或者下次我伤害你也不一定。保证之类任何人都做不出，肯定。我做不出，你也做不出。但反正我喜欢你，仅此而已。"

我抱过她的身子，抚摸她的头发。

"有纪子，"我说，"从明天开始好了，我想我们可以再一次从头做起。今天就太晚了。我准备从完完整整的一天开始，好好开始。"

有纪子好半天盯住我的脸。"我在想——"她说，"你还什么都没有问我。"

"我准备从明天再次开始新的生活，你对此怎么想？"我问。

"我想可以的。"有纪子淡然一笑。

有纪子折回卧室后，我仰面躺着久久注视天花板。没有任何特征的普通公寓的天花板，上面没有任何有趣的东西。但我盯住它不放。由于角度的关系，车灯有时照在上面。幻影已不再浮现。岛本乳峰的感触、语音的余韵、肌肤的气味都已无法那么真切地记起。时而想起泉那没有表情的面孔，想起自己的脸同她的脸之间的车窗玻璃的感触。每当这时，我便紧闭双眼想有纪子，在脑海中反复推出有纪子刚才的话。我闭目合眼，侧耳倾听自己体内的动静。大概我即将发生变化，而且也必须变化。

至于自己身上有没有足以永远保护有纪子和孩子们的力量，我还无由得知。幻想已不再帮助我，已不再为我编织梦幻。空白终究是空白，很长时间里我将身体沉浸在空白中，力求让自己的身体适应空白。那是自己的归宿，必须安居其中。而从今往后我势必为别的什么人编织梦幻了，对方要求我这样做。我不知道那样的梦幻到头来具有多大作用力。但是，既然我企图从当下的我这一存在中觅出某种意义，那么就必须竭尽全力继续这一作业，大概。

黎明时分，我终于放弃了睡眠。我把对襟毛衣披在睡衣外面，去厨房冲咖啡喝着。我坐在餐桌旁，眼望渐次泛白的天空。实在已有很久没看天明了。天空的尽头出现一道蓝边，如沁入白纸的蓝墨水一般缓缓向四面扩展。它竟是那样的蓝，仿佛汇聚了全世界大凡所有的蓝而从中仅仅抽出无论谁看都无疑是蓝的颜色用来划出一道。我以肘拄桌，有所思又无所思地往那边凝望着。然而当太阳探出地表以后，那道蓝色顷刻间便被日常性的白昼之光吞噬一尽。墓地上方只飘浮着一片云，轮廓分明的、纯白色的云，仿佛可以在上面写字的清清楚楚的云。另一个新的一天开始了。至于这新的一天将给我带来什么，我却无从推断。

往下我将把孩子送去幼儿园，接着去游泳池，一如往日。我想起初中期间去过的游泳池，想起那座游泳池的气味和天花板的回音，那时我正要成为新的什么。每当立于镜前，我都能够看出自己身体的变化，安静的夜晚里甚至能够听到肉体发育的响动。我即将身披新的自己这层外衣踏入新的场所。

我仍坐在厨房桌旁，仍静静地注视墓地上空飘浮的云。云纹丝不动，俨然被钉在天穹上完全静止了。我想差不多该叫醒女儿们了。天早已大亮，女儿们得起床了。她们比我更强烈更迫切地需要新的一天。我应当走到她们床前掀开被子，手放在柔软而温暖的身体上告知新一天的到来。这是我的当务之急。

255

然而我无论如何也无法从厨房桌前站起，似乎所有气力都已从身上消失，就好像有人悄悄绕到我背后轻轻拔去我的体塞。我臂肘拄着桌面，双手捂脸。

黑暗中我想到落于海面的雨——浩瀚无边的大海上无声无息地、不为任何人知晓地降落的雨。雨安安静静地叩击海面，鱼们甚至都浑然不觉。

我一直在想这样的大海，直到有人走来把手轻轻放在我的背上。

村上春树年谱

1949 年
　　1 月 12 日出生于日本关西京都市伏见区，为国语教师村上千秋、村上美幸夫妇的长子。出生不久，家迁至兵库县西宫市夙川。

1955 年　6 岁
　　入西宫市立香栌园小学就读。

1961 年　12 岁
　　入芦屋市立精道初级中学就读。

1964 年　15 岁
　　入兵库县神户高级中学就读。

1968 年　19 岁
　　到东京，入早稻田大学第一文学部戏剧专业就读。

1971 年　22 岁
　　以学生身份与夫人阳子结婚。

1974 年　25 岁
　　开办爵士乐酒吧。

1975 年　26 岁
　　大学毕业。毕业论文题目是《美国电影中的旅行思想》。

1979 年　30 岁
　　长篇小说《且听风吟》出版，获第 23 届群像新人奖。

1980 年　31 岁
　　长篇小说《1973 年的弹子球》出版。

1981 年　32 岁
　　转让酒吧，专业从事创作。移居千叶县船桥市。与村上龙的对谈集《慢慢走，别跑》出版。

1982 年　33 岁
　　长篇小说《寻羊冒险记》出版，获野间文艺新人奖。

1983年　34岁

曾赴希腊旅行。短篇集《去中国的小船》、《遇到百分之百的女孩》、插图短篇集《象厂喜剧》出版。

1984年　35岁

曾赴美国旅行。短篇集《萤》、随笔集《村上朝日堂》出版。

1985年　36岁

长篇小说《世界尽头与冷酷仙境》、短篇集《旋转木马鏖战记》、插图童话《羊男的圣诞节》、与川本三郎合作的评论集《电影冒险记》出版。《世界尽头与冷酷仙境》获第21届谷崎润一郎奖。

1986年　37岁

移居神奈川县大矶町，赴意大利、希腊旅行。短篇集《再袭面包店》、随笔集《村上朝日堂的卷土重来》、插图随笔集《朗格汉岛的午后》出版。

1987年　38岁

从希腊回国。随笔集《日出国的工厂》、长篇小说《挪威的森林》出版。

1988年　39岁

曾赴伦敦、意大利、希腊、土耳其旅行。长篇小说《舞！舞！舞！》出版。

1989年　40岁

曾赴希腊、德国、奥地利旅行，回国后赴纽约。随笔集《村上朝日堂　嗨嗬！》、《小而有用的事》出版。

1990年　41岁

回国。短篇集《电视人》、八卷本《村上春树作品集，1979—1989》、旅行记《远方的鼓声》、《雨天炎天》出版。

1991年　42岁

赴美国新泽西州普林斯顿大学任客座研究员。

1992年　43岁

长篇小说《国境以南　太阳以西》出版。

1993年　44岁

赴美国马萨诸塞州剑桥城塔夫茨大学任职。

1994 年　45 岁

曾赴中国、蒙古旅行。随笔集《终究悲哀的外国语》、长篇小说《奇鸟行状录》第一、二部出版。

1995 年　46 岁

从美国回国。《奇鸟行状录》第三部出版。

1996 年　47 岁

在东京采访地铁沙林毒气事件受害者。随笔集《村上朝日堂日记·漩涡猫的找法》、短篇集《列克星敦的幽灵》、对谈集《去见村上春树·河合隼雄》出版。《奇鸟行状录》获第 47 届读卖文学奖。

1997 年　48 岁

东京地铁沙林毒气事件受害者采访集《地下》、随笔集《村上朝日堂是如何锻造的》、文学评论集《为了年轻读者的短篇小说导读》、插图传记集《爵士乐群英谱》出版。

1998 年　49 岁

旅行记《边境·近境》、漫画集《毛绒绒软蓬蓬》、《地下》的续篇《约定的场所》出版。《约定的场所》获 1999 年度桑原武夫奖。

1999 年　50 岁

曾赴北欧旅行。长篇小说《斯普特尼克恋人》出版。

2000 年　51 岁

短篇集《神的孩子全跳舞》出版。

2001 年　52 岁

插图传记集《爵士乐群英谱 2》、随笔集《村上广播》、插图随笔集《轻飘飘》出版。

2002 年　53 岁

长篇小说《海边的卡夫卡》、插图旅行记《如果我们的语言是威士忌》出版。

2003 年　54 岁

E-mail 通讯集《少年卡夫卡》出版。

2004 年　55 岁

长篇小说《天黑以后》出版。

2005 年　56 岁

插图小说《奇怪的图书馆》、随笔集《没有意义就没有摇摆》出版。

2006 年　57 岁

短篇集《东京奇谭集》出版。获弗兰茨·卡夫卡文学奖。

2007 年　58 岁

获 2006 年度朝日奖。随笔集《谈跑步时我说的东西》、插图小说集《村上曲》出版。

2008 年　59 岁

获普林斯顿大学名誉博士称号。

2009 年　60 岁

长篇小说《1Q84》第一、二部出版。

2010 年　61 岁

长篇小说《1Q84》第三部出版。

2011 年　62 岁

《村上春树杂文集》出版。

2012 年　63 岁

与小泽征尔合著的《谈小泽征尔与音乐》获第 11 届小林秀雄奖。

2013 年　64 岁

长篇小说《没有色彩的多崎作和他的巡礼年》出版。